肉体のジェンダーを笑うな

山崎ナオコーラ

集英社

目次

肉体のジェンダーを笑うな

父乳の夢

ふわり。哲夫《てつお》の坊主頭にレースのカーテンが引っかかった。夕方、庭に干してあったベビー服を取り込み、掃き出し窓を開けて部屋へ戻ろうとしたところだった。掃き出し窓のすぐ横に姿見を置いている。そこに、百合《ゆり》柄のレースのカーテンが額にかかる哲夫の顔が映った。マリア様みたいだな、と哲夫は思った。新婚旅行でイタリアへ行ったとき、教会に飾られていた宗教画の中のマリア様がこういう布を頭に掛けていた。いや、あの絵だけではない。多くの宗教画で、マリア様は頭に布を被っている。自分の頭に布がかかったのは何かの啓示かもしれない、と哲夫はぼんやり考える。大学時代に額が後退し始め、思い切って坊主にした。さっぱりして気分が良いが、坊主頭への偏見から恐れられがちで、その上、哲夫の顔立ちはごついので、初対面の人になかなか打ち解けてもらえない。それで、外出時につい可愛い感じの帽子を被ってしまう。堂々と坊主で過ごしたい。でも、頭に何かあると落ち着く。揺れ動く哲夫の頭にふわりとカーテンがかかり、もしかしたら自分もマリア様になれるのかもしれない、なんて夢が湧く。母親の象徴のようなマリア様に。自分も近づけるなら、近づきたい。

とはいえ、いつまでもカーテンを被っているわけにはいかない。哲夫は手でカーテ

ンを払い、

「まだ、ちょっと、湿っているかなあ。風呂上がりに着せようと思ったんだけれども」

後ろ手に窓を閉め、五十センチの新生児用ロンパースを両手で広げた。ついさっき家に帰ってきたばかりの哲夫は、ネイビーのネクタイの先をワイシャツの胸ポケットに入れ、ズボンだけ黄色いタータンチェックのハーフパンツに穿き替えている。ネクタイが首にぶら下がっていると労働の邪魔になるので、哲夫はよく胸ポケットに仕舞う。仕事の邪魔になるネクタイというものを、なぜ仕事中に着ける習慣があるのか謎だ。哲夫は長ズボンも好きではない。半ズボンのスーツを作って欲しい。

「そう？　昼間、きれいに晴れ上がっていたから干したんだけれど。じゃあ、部屋干しする？」

哲夫のパートナーの今日子《きょうこ》が言う。今日子は紺色に白いラインが二本入ったジャージの上下を着て、畳に敷いた布団の上であぐらをかきながら薫《かおる》に母乳をあげていた。こういう格好の今日子を哲夫は見慣れていない。パンツスーツでかっこつけている姿の方が目に馴染んでいる。哲夫も今日子も三十四歳で、同い年なのだが、今日子の方が年上に見られがちだ。顔の形が上下に長いせいもあるかもしれないが、服装に威厳を持たせがちなのが大きな理由だろう。どうも、今日子は実年齢より上に見せて周囲の人の信用を得たい気持ちがあるみたいだ。これまでは、寝るときのパジャマの他は、家でもかっちりした服装をしがちだった。日曜日でも、襟付きのシャツにチノパン、というのが精一杯のリラックスだった。ジャージなんて持っていたのか、と哲夫は瞬きする。ショートカットの髪は、寝癖がそのままになっていて、前髪をちょんまげのように結んでいる。こんな髪型も、子どもが生まれる前は見たことがなかった。

「まだ、春の初めだからね。晴れていたって、寒いんだ。なかなか乾かないんだね。もうじき外は暗くなるし、部屋干ししよう。暖房を入れたっていい」

哲夫は寝室を出てキッチンへ移り、食器棚の横に置いてあるミニ物干しに湿ったロンパースを載せた。リモコンを手にして逡巡《しゅんじゅん》し、結局、暖房は入れなかった。そうして、薫に視線を遣った。小さなマンションなので、キッチンとリビングと寝室は、どこからでも見通せる。寝室で何をやっているか、キッチンから見える。

「……授乳中だから、カーテンを閉めてくれるとありがたい」

寝室で薫を抱えたまま、今日子は哲夫の姿を視線だけで追いかけてきている。

「あ、ごめん」

言われて初めて、胸をはだけさせているのが恥ずかしかったのだな、と気がついた。自分の不躾《ぶしつけ》な視線も失礼だったか、と目をそらしながら寝室に戻り、先ほど払いのけたレースのカーテンをぴったりと閉め合わせ、その上から遮光カーテンも閉じる。

今日子と薫は薄闇の中に落ちる。こきゅこきゅと口を動かす音が甘く静かに布団の上に広がる。しかし本当に飲んでいるのだろうか。飲んでいるふりではないか、と哲夫はいぶかしむ。生後二週間の薫は、目が糸のように細く、なんの表情も読み取れない。

「何？」

今日子が哲夫の顔をじっと見た。

「大変だね。頑張っているね」

哲夫は静かに言った。

「やっぱり、簡単には母乳は出ないね。確かに、薫ちゃんは頑張って飲もうとしているけどね」

今日子は笑う。

「いや、今日子ちゃんが頑張っているね、って」

「いや、私なんかは、別に……」

「偉いよ」

哲夫は、今日子の妊娠中に勉強したのだ。産後の過ごし方、風呂の入れ方、母乳やミルクのあげ方……。育児書や育児ＤＶＤをいくつも購入した。

その中で読んだ、母乳が出る仕組みに思いを馳せた。

母乳は、母親の脳にホルモンが働きかけることによって分泌される。妊娠中は胎盤や卵巣からエストロゲンとプロゲステロンというホルモンが出て、エストロゲンは乳管系、プロゲステロンは腺葉系の発達を促す。そうして、胸が膨らみ始める。乳汁分泌ホルモンのプロラクチンも分泌されるようになるが、エストロゲンによる抑制があって本格的な母乳分泌には至らない。出産して、胎盤が体外へ排出されたらエストロゲンは減少し、プロラクチンに対する抑制が解かれ、母乳の分泌が始まる。黄色い初乳が乳頭から滲《にじ》む。それを赤ちゃんに吸わせると、今度はプロラクチンが増加し、どんどん母乳が生成される。母乳は、オキシトシンというホルモンによって促され、乳頭まで運ばれる。オキシトシンというのは、母親が赤ちゃんのことを考えたり、世話したりすると出るホルモンだ。

要は、赤ちゃんについて頻繁に考えること、そして授乳を繰り返して乳首を吸われる刺激を受けることによって、母乳が出る。そのため、母乳が出なければ出ないほど、頻回授乳をするべきなのだという。ただ、体というのは複雑なもので、個人差もあり、赤ちゃんのことを一所懸命に考え、頻回授乳を必死で行ったところで、みんながみんな、母乳を出せるわけではない。どんなに頑張っても出ない場合もある。運によるものも大きいのだ。だから、褒めるという行為はそぐわないと哲夫にもわかっている。

ただ、何かしらリラックスさせることを言ってホルモンを出させせないといけないと思って、「大変だね」「頑張っているね」「偉いよ」という適当な言葉を口から出してしまった。自分にはできないことを相手がやっていて、うらやましくてたまらないのに、うらやましがってはいけなくて、リラックスを促すパートナーとして存在しなければならないのだ。この立場が、哲夫には難しく感じられた。

「私自身は特別なことは何もしていないよ」

今日子は首を振る。

「そんなことないよ。体が変化して大変なのに、頑張ってるよ。偉いなあ」

やっぱり、「頑張ってる」「偉い」しか出てこない。心の内では、『偉いなあ』ではなく、『いいなあ』と言いたい」と思っていた。

哲夫は、小さい頃から父親になることを夢見ていた。小学校の卒業文集にも、将来の夢を「お父さんになりたい」と書いた。お父さんという存在の具体的なイメージは持っていなかったが、とにかく子どもを大事にする人だと考えた。哲夫は子どもを大事にしたかった。哲夫の父親は哲夫が小学校四年生のときに死んだ。生前も、仕事一筋の銀行員で毎日遅くまで残業をして帰ってくる父親との関わりは薄かった。だから、自分の父親のようになりたかったわけではない。ただ、子どもが好きだった。保育士や教師を目指す道もあるが、遅刻が多くて、視野が広くなく、勉強が苦手な自分には合わないだろう。哲夫はとにかく、身近な小さい人を大切にしたかった。

子どもを大事にするために、まずは料理を頑張りたい。哲夫には年の離れた小さなきょうだいが二人いて、小さい子どもに喜ばれる最大のものは食べ物だと感じていた。哲夫の母親はトンカツ屋で働いており、料理が得意だったので、教わりたいと頼むと、キャベツの千切りから仕込んでくれた。そうして、哲夫も料理が上手になった。

でも、生まれたばかりの赤ちゃんは食事ができない。料理の腕を披露できるのはまだ先だ。赤ちゃんは母乳か粉ミルクか液体ミルクしか飲めない。母乳が十分に出る母親の場合、多くの人が、母乳のみを与える。母乳は豊富な栄養が含まれていて赤ちゃんに免疫をつける効果もある素晴らしい飲み物らしい。母親しか食べ物になれないというのはずるい話だった。なぜ神は父親に赤ちゃんの食べ物になる体を与えなかったのか。

「いや、母乳はあんまり出ていないみたいなんだよ。薫ちゃんは、今、ミルクで生きているのかもしれない」

今日子はうつむいた。哲夫は、拳を握り締める。それから、はあっと息を吐いて、てのひらを開き、扉の横のスイッチに指を当てて蛍光灯を灯した。

「リラックスした方がいいよ。ストレスを溜めると、ホルモンの分泌が止まって、母乳が出なくなるそうだから」

哲夫はにっこりして見せた。

「わかっているよ。リラックスを心掛けているよ」

今日子が苦笑いする。哲夫は今日子と薫に直接に視線を当てないように目を動かす。本当は薫を絶え間なく見ていたいのだが、あんまり見つめ過ぎると、今日子がプレッシャーを感じて、さらに母乳が出なくなるかもしれない。

「本当に、大変だね。頑張っているのにね」

畳の縁を見ながら哲夫は言った。

「頑張っていることは頑張っているけど……、うーん」

今日子は歯切れ悪く返事をする。

「大変じゃないの？」

「子育てで大変なことは他にたくさんあるんじゃないのかな？　母乳を出すことを最大の山場のように捉えるわけにはいかないよね。どうしても母乳が足りなそうだったら、粉ミルクや液体ミルクで補えばいい。もちろん、母乳が出せるなら出したい。今だって、ちょっとは出ているんだよ。でも、十分には出ていない。ただささ、理想通りにいかないことは、仕事でもあるじゃない？　頑張っても結果につながらないことはある。根性論で語っても仕方ない。プランBを立てないと」

「粉ミルクを作ろうか？」

哲夫は提案した。今日子の場合、母乳の出が良くないので、授乳の真似事をしたあとに、ミルクをあげることになっている。帝王切開で生まれた薫は出生後一週間入院しており、その間は助産師が粉ミルクを作ってくれていたらしい。今日子は授乳の練習をしたあと、その粉ミルクが入った哺乳瓶を受け取り、飲ませる。退院してからの一週間は、昼間は今日子が粉ミルクを作り、夕方、夜、朝など、哲夫が家にいる時間帯は哲夫が粉ミルクを作った。たまに液体ミルクをあげると、それも飲んだ。薫は三時間置きに今日子の胸を吸い、そのあと粉ミルクあるいは液体ミルクを飲む。哲夫は、一所懸命に粉ミルクを作った。ただ、今日子が母乳をあげる前に粉ミルクを作ろうとし始めると、どうも今日子を傷つけるような気がして、今日子が母乳への努力を十分にした感じがしてから、必ず声がけをして調乳を開始することにしていた。

「うん、お願い」

今日子は頷《うなず》く。

「じゃあ、作ってくるね」

哲夫はキッチンへ移動する。ウォーターサーバーから小鍋に湯を注ぎ、沸騰するまでの間に粉をスプーンですり切り三杯計って哺乳瓶に入れる。沸騰したら湯を哺乳瓶の六十の目盛りまで注ぎ、くるくる揺らして粉ミルクを溶かし、それから、氷水に浸けて冷やす。頃合いを見て哺乳瓶を電子温度計でピッと計り、自分の腕の内側へ一滴垂らし、熱くも冷たくもないことを確認する。

この手間を、哲夫は愛していた。液体ミルクだとそのまま注げるので楽だ。急いでいるときや、夜中に眠くてたまらないとき、それから、薫がもう少し大きくなって外出するようになったら、液体ミルクをどんどん使おうと思う。だが、今は、母乳を頑張る今日子に対抗したい気持ちもあり、粉ミルク作りに手間をかけたかった。

哺乳瓶を持って寝室へ戻る。

今日子は授乳を切り上げ、薫を哲夫の腕に預けた。哲夫は太い腕で抱き取り、哺乳瓶を薫の口にあてがった。

こきゅこきゅと口を動かして、薫は哺乳瓶の乳首を吸っている。

「よく飲むなあ。嬉しそうに飲んでもらえて、作りがいがあるなあ。嬉しいなあ」

哲夫は薫を見つめ続ける。

「粉ミルク、おいしいのかな」

今日子は哲夫の横顔を見ながら呟いた。

「あのさ、母乳推進派の言うことなんて、気にしないでよ。母乳にいい栄養素があるのは確かだとしても、人それぞれなんだから……」

哲夫はもごもご喋った。世間には、「母乳を出せ」という強い圧力があり、そのせいで多くの母親が悩んでいる、ということを哲夫は知っていた。

「母乳推進派って誰？」

今日子は尋ねる。

「えっと、助産師さんとか、ネット民とか……。いたるところに母乳神話が蔓延《はびこ》っているから、今日子ちゃんが気にしているのかな、って思って、つい、余計なことを言ってしまって……」

液体が少なくなるのに合わせて、哲夫は哺乳瓶に角度を付ける。

「まあ、確かに、母乳を出す努力を強いる人たちはいるかもしれない。実際、母乳はいいものだしね。ただ、私もよくわからないんだよ。なんだか怖くて、頭が痺《しび》れるんだよ。赤ちゃんの突然死があるでしょ？　ＳＩＤＳっていう……。それの回避の方法について、『できるだけ母乳で育てる』って母子手帳に書いてあるんだよ。それで、どうもミルクが悪者にされがちなんだけれど、その『母乳を飲んだらリスクを回避できる』という説のはっきりした根拠はないらしいよ。でも、母子手帳に書いてあるんだね。私は理性的なたちだから、エビデンスのないことを信じないだろうと思っていたんだけど、母子手帳に書いてあると、なんだか怖くなるの。つまり、自分が思っていたほどには自分は理性的じゃなかったんだね」

今日子はゆっくりと喋った。ＳＩＤＳというのは乳幼児突然死症候群のことで、主に一歳未満の乳児が、直前まではとても元気だったのに、眠っている間に突然死んでしまう、という病気のことだ。原因は未だに解明されておらず、避けるのはとても難しい。ただ、うつぶせで寝ている場合が多いという報告はあって、「できるだけ、うつぶせ寝は避けるべき」という考えは一般的になってきている。妊娠中の母親の喫煙や、生まれたあとの家族の喫煙による受動喫煙がリスクを高めるというのも言われていて、「家族は禁煙すべき」というのもよく聞く。「母乳育児で回避できるかもしれないので、できるだけ母乳をあげるべき」というのも、母子手帳や医師が出している本に書いてあるという。母子手帳とは、母子健康手帳の略で、市区町村から妊娠者に交付される。妊娠、出産、その後の成長においても、健診や予防接種などで長く使っていく手帳なのだが、「母子」というネーミングが哲夫にはつらく感じられていた。妊娠も出産も育児も、父親も関わることなのに、なぜ「親子」ではなく「母子」なのだろうか。母子手帳を見るたびに、排斥されている感覚を味わった。ともあれ、こういう手帳にも書かれるぐらい「母乳育児でＳＩＤＳが回避できるかもしれないので、できるだけ母乳をあげるべき」と多くの人に信じられているわけだ。けれども、ＳＩＤＳと母乳の因果関係は解明されてはいないらしい。明確な根拠のないことなのに、ＳＩＤＳで子どもを亡くした親は、自分のせいかもしれない、努力したら回避できたのかもしれない、と悩むことになる。古代から「理由がわからず死んでしまう」という、理不尽なところに神話が入り込む。

「そうか。まあ、少なくとも『母乳は良くない』っていう説はないわけだから、努力で母乳が出るなら、そりゃあ、努力した方がいいよね。でも、怖がらせるのはどうかと思うよね、うーん。……あと、母乳推進派って、母乳で子育てした上の世代が、自分が誇りを持つために下の世代に成功体験を語りたがっている、そういう人たちもいるよね」

哲夫は顎に手を当てた。

「そっちの人たちのことは、大丈夫だよ。私は話を聞くから」

「え？　聞くの？」

「だって、武勇伝は、語りたいものでしょ。語りたい人がいたら、聞いてあげる人もいなくちゃ。そりゃあ、聞く余裕がない人だったら、聞かない方がいいよ。でも、私は、そこまで余裕がないわけじゃない。『そうなんですね。頑張ったんですね。あなたは上手くいって本当に良かったです。けれども、私は違うんですよ』っていうコミュニケーションを取るだけだよ。成功体験を話す人のことを、私はそんなに悪く思わない。うん、うん、素晴らしいですね、良かったですね、って話を聞く。話を聞くのは面白いでしょ？　『おはなし』として聞くならさ。でも、参考にはしないんだ。自分は違うから、違う場所に行くだけだよ」

淡々と今日子は話した。

「そうかあ」

哲夫は唸《うな》った。

「ところでさ、哲夫は粉ミルク作るのが嬉しいんだよね？　嬉々としてキッチンに立っている。今も、すごく楽しそうに、哺乳瓶を持っている」

今日子が指摘した。

「今日子ちゃんに負担かけたくないし、僕も親なんだから、僕のできることはしたいよ。……まあ、自分のやるべきことがあるっていうのは、確かに嬉しくはあるね」

哲夫は薫の口元を見つめる。

「哲夫が母乳を出すのはどう？」

今日子が提案した。

「え？　そんなことできるの？」

哲夫は瞠目して聞き返した。

「あ、間違えた。哲夫が出すのは、父乳《ふにゅう》だ」

「い、いや、母乳でも父乳でもどっちでもいい。出せるものなら、出したい」

哲夫は薫の口元からそっと哺乳瓶を外した。そして、肩に薫の頭をもたせかけて、とんとんと背中を叩き、ゲップを出させる。

「社会が成熟するのに合わせて、人間の体だって進化しているんだから、やがては父親にも乳が出る仕様になるんじゃないか？　とはいえ、まだ進化は追いついてきていなくて、医療の方が進んでいる」

「そうなの？」

「パンフレットを、退院するときにもらったんだよ」

今日子は、産後に退院するとき、病院から「お祝いセット」という袋をもらったらしく、クローゼットに仕舞っていたそれを引っ張り出して持ってきた。袋から「父乳育児を希望する方へ」というタイトルのパンフレットを取り出すと哲夫に見せる。坊主頭の父親が赤ちゃんを抱きしめている写真が表紙にあり、哲夫は強く惹かれた。

「読んでいい？」

哲夫は薫を今日子に預ける。

「うん」

今日子は薫を抱っこして頷く。

「ありがとう」

哲夫はパンフレットをめくってみた。そこには、病院で治療を受けることによって父乳を出すことが可能であると書かれていた。入院や手術は必要なく、通院で治療を受けるようだ。ホルモン剤の注射や服薬によって乳房を発達させる。父乳が出るまでは三日置きに通院して注射を打つ。薬は一日三回飲む。数週間で父乳が出るようになり、授乳期間中は二週間ごとの通院を続けるらしい。母乳と同じく、赤ちゃんのことを考え、何度も授乳を繰り返すことで、父乳の出が安定していくようだった。認可されたのは今年らしく、新しい医療なので、本当に安全かどうか、不安は残るかもしれない。また、健康保険の適用外なので、治療費は高額になる。

「どう？」

今日子が哲夫の顔色を窺う。

「やってみたい」

哲夫が顔を紅潮させると、

「そうだね。応援するよ。費用は私に出させてね」

今日子は頷いた。

「ありがとう」

早速、病院に電話すると、運よく三日後に予約が取れた。

薫が生まれた病院へ十日ぶりにいく。妊娠中の健診に何度も付き添ったし、出産のための入院中は毎日見舞いに来たので、慣れた場所だ。ただ、いつもは電車で行くところをタクシーにした。生後三週間に満たない薫を連れ出すのは怖い感じがする。だが、子連れで来るように電話で言われたので連れていくしかない。抱っこ紐で抱っこした。産休中の今日子も一緒に来る。公共交通機関は感染症などが心配に思えて、タクシーを選んだのだった。

産科には妊娠者が数人座っていた。付き添いで来ているパートナーも多数いたが、妊娠者に席を譲るためにみんな立っている。席は空いていたが、哲夫も壁に寄りかかり、今日子もなかなか座らない。

「今日子ちゃんはまだ『産後』だから座らないとだめだよ」

哲夫が促すと、今日子はやっとソファに腰掛けた。

すぐに看護師から名前を呼ばれ、薫と今日子と共に診察室に入ると、

「父乳をご希望ですね。母子手帳をお持ちですか？」

とベテランの雰囲気がある、恰幅の良い看護師がカルテを見ながら聞いてきた。カルテは今日子の妊娠出産の記録だろう。

「はい」

頷いて母子手帳を渡す。哲夫は母子手帳の表紙の文字を修正テープで消して上から「親子手帳」と書き直しておいたが、看護師はそれを見ても特に何も言わなかった。

「まず、私から流れをご説明しますね。そのあと、検査をしていただきます。検査結果によっては治療を受けられないこともありますから、ご承知おきください」

パンフレットやプリントを何枚かもらい、簡単な説明を受けたあと、採血をし、尿検査をし、体重を計測する。またしばらく待合室で待つ。注射を受ける際は抱っこ紐

をしていると大変だろうと考え、抱っこを今日子と交代した。なかなか呼ばれないので暇になり、さすがに疲れたので椅子に腰掛け、パパ雑誌をパラパラめくった。一時間半くらい経ってから再度名前を呼ばれ、診察室に入ると、

「検査の結果、治療を受けられることになりましたので、僕からご説明しますね」

と若い医師からの詳細な説明がある。説明をした、ということが大事らしく、紙を渡され、「医師から説明を受けた」というところへのチェックと、その下の欄への署名を求められる。その他にも、同意書二枚に署名した。

「これでお願いします」

と紙を渡すと、

「注射をしますねー。チクンとしますよー。ちょっと痛いかなあ」

自分と同性と思われる若い人から猫撫で声で喋りかけられ、ちょっとした気持ち悪さを覚えながら哲夫は肩に注射を打たれた。

「この注射を、三日置きに行います。ご自宅では、一日三回、八時間置きに薬を飲んでくださいね」

「はい」

「それでは、また待合室に戻っていただいて、今度は母乳外来の方でお呼びしますね。授乳指導をします」

「はい。ありがとうございます」

また待合室で待つ。

どうやら、父乳治療が解禁されても、治療を受ける人はまだそんなに増えていないらしい。哲夫は、同僚や友人たちから、「父親にもおっぱいが欲しいよなあ。どんなに泣いていても、おっぱいくわえさせたらすぐ泣き止むんだから。生まれたての頃なんて、おっぱい飲んだらすぐ寝ちゃうんだよ。おっぱいさえあれば育児なんて楽勝なのになあ」といった趣旨のぼやきをよく聞いていた。「おっぱいが欲しい」「父乳を出したい」と願っている人は大勢いるはずなのに、いざ治療ができる時代が来ても、一歩を踏み出す人は少ない。その理由はなんなのだろう。注射や投薬が「自然」や「神」のようなものに逆らうようで気がひけるのか？　三時間置きに授乳するとなると一年程度の育休取得か短時間勤務か退職が必要になるのでそこがネックなのか？　高額治療が経済的に難しいのか？　あるいは、口では「おっぱいが欲しい」と言いながらも真には母乳を出している人のことを「かっこいい」と思っていなかったのか？

産科の端っこに「母乳外来」という看板が出ている。授乳に関する悩み相談を受けたり乳腺炎の解消のためのマッサージをしたりする部屋らしい。

哲夫は母乳外来の「母乳」という言葉にバリアを感じる。これまでも、育児書やインターネット記事に、「ママが抱っこしてあげて……」「お母さんの生活も大事に……」

と、親というものを母親しか想定していない文章が躍っているのを目にして悲しんできた。仕方なく、「ママ」「お母さん」「母子」といった言葉は頭の中ですべて「ペアレント」「親」「親子」に変換して読んできた。まあ、これまでの時代では授乳は母親しか行えなかったのだから仕方ないのかもしれない。けれども、病院というのは開かれた場所のはずだし、父乳治療を始めると決めた段階で、「授乳外来」などに名前を変更してくれても良さそうなものなのに……、と哲夫としては思ってしまう。母乳外来のことは脳内で授乳外来と変換するしかない。

名前が呼ばれて、今日子も一緒に向かったが、「ご本人とお子様だけで」と助産師から指示されたので今日子は待合室に戻った。

母乳外来は、窓のない小さな部屋だった。

「授乳ノートってありますか？　これまで、母乳や粉ミルクや液体ミルクをどんなタイミングでどのくらいの量をあげてきたか、一日のスケジュールをメモしたようなものって……」

黒髪をひっつめにして黒縁眼鏡をかけた助産師が柔和な顔で尋ねた。

「あ、あります」

哲夫は持参した授乳ノートを見せた。今日子が用意したもので、何時に何分間授乳したか、ミルクの場合は何ミリリットルあげたか、几帳面な今日子がすべてメモしている。

「ありがとうございます。……なるほど。お母様も頑張られたんですね。これまではミルクで順調に育っていると思いますよ。体重を量れば、栄養が足りていることがわかりますからね」

助産師は薫を受け取り、服を脱がし始めた。薫はおむつ姿で体重を量られる。助産師は計算機を取り出すと、体重を入力し、出生時の体重を引き、これまでの日にちで割って、一日あたりの増加量を算出した。

「十分に増えていますね。ミルクの量はちょうどいいと思います。これから父乳を出して、母乳はストップしますか？」

助産師はにっこりした。

「えっと、まだ考え中です」

「そうですね。また四日後にもいらっしゃるんですよね。ゆっくり考えていきましょう。焦らないでくださいね。すぐにはお乳は出ないと思いますが、ミルクを足して育児していけば大丈夫ですからね。まず乳腺の通りを良くするマッサージをしましょう」

助産師はベッドを指し示した。母乳と父乳を分けて表現する必要性を感じないのか、「お乳」という言い方をする。

「お願いします」

哲夫はお辞儀した。多少の恥ずかしさを覚えたが、それを振り払った。今日子は妊娠出産の間ずっと担当医に股を開いていた。自分も助産師に胸を見せることを躊躇《ためら》ってはいけない。

薫はフレームが銀色の小さなベッドに大人しく寝かされている。

哲夫は上着を脱いでから診察台に寝転んでTシャツをめくった。助産師はまるで気功の先生のように手に集中して、熱心に胸を揉み始めた。哲夫の胸はまだ真っ平だ。五分程度のものだろうという哲夫の予想に反し、片乳二十分、計四十分の長いマッサージだった。

終わると、ちょうど薫が泣き出した。それで、助産師が哲夫のところに薫を連れてきた。

「僕の乳首を吸ってくれるんでしょうか?」

哲夫がおそるおそる抱くと、

「吸啜《きゅうてつ》反射っていう原始反射で吸い付いてきますよ」

助産師は平然と言った。

「そうですか」

哲夫は自分の乳首を薫の口にあてがおうとする。はたして薫は目をつぶったまま、哲夫の小さい乳首に向かって小さな口を開けた。

「わあ、探していますね」

助産師が小さく拍手をする。

「ここだぞう」

哲夫の小さな乳首をあてがうと、薫は吸い付き、こくこくと頭を動かして飲む仕草を始めた。

「大丈夫そうですね」

「鳩みたいですねえ」

「新生児は頭を振らないとお乳を吸えないんですよ。頭を押さえると吸うのを止めちゃうので、押さえないでくださいね」

助産師がアドヴァイスする。

「はい」

哲夫は頷く。薫はすごい力で吸い付いてくる。今日子の乳首よりも哲夫の乳首はずっと小さいが、薫は何も気にしていない。口をぴったり付けて吸う。

「どうですか？」

「乳首を吸われるって、随分と嬉しいものですね。こんなに喜びに満ちたものだとは知らなかったです」

「自分のおなかの線と、赤ちゃんの体の線が、平行になるように抱っこしてください。……乳首は深くくわえさせる。ああ、これでは浅い。もっと赤ちゃんの口を開けてぐいっと。乳輪までくわえるように。……赤ちゃんのベロが乳首より下になるように。そうじゃないと、赤ちゃんが吸えません。……いや、違う違う、こう」

　助産師にフォームを直されながら授乳の練習を続けた。ラケットや楽器の構え方を直されるみたいに、赤ちゃんの抱き方を直される。まるで部活動だ。

　薫のポジションを何度も直すがなかなかＯＫが出ず、苦戦する。

　左右の乳を五分ずつ吸わせたが、終わったあとも薫は泣き続けた。

「なんだかかわいそうですね」

　哲夫は額の汗を拭った。

「そうですね。でも、赤ちゃんに強く吸ってもらうことが大事なんです。その刺激を受けてホルモンが分泌され、お乳が出るようになるので。今、ミルクを持ってきますね」

　助産師は立ち上がって、別の助産師が作っておいてくれたらしい粉ミルクが入った哺乳瓶を持ってきた。

「泣かせて乳首を吸わせてまで父乳を出す必要があるんですかねえ……」

　哲夫は受け取り、薫に粉ミルクをあげる。こきゅこきゅと粉ミルクを飲む薫を見つ

めながらぼやくと、

「でも、母乳がなかなか出なくて悩んでいるお母さんも、同じことをしていますよ。お父さんだけ悩まなくてもいいんじゃないですか？」

助産師はなだめた。

「まあ、そうですよね……」

哺乳瓶に角度を付けながら、哲夫は頷く。

「あと、赤ちゃんは泣くのが仕事なので、もちろん放っといてはいけませんが、三時間置きにお乳かミルクを与えていて、抱っこしたりあやしたりしているのなら、それほど焦らなくてもいいかもしれません。ただ泣きたいだけ、ということもありますからね。もちろん、異常な泣き方で、病気が疑われる場合もありますから、様子は見た方がいいです。でも、いつも通りに泣いているのならば、『急いで泣き止ませないと』って思わなくてもいいんですよ。赤ちゃんのコミュニケーション方法ですから」

助産師はアドヴァイスした。それで、その日の治療は終わった。

会計を済ませて処方箋をもらい、薬局で薬を受け取って帰ってきた。

「薬は時間がずれるといけないらしいから、スマートフォンのアラームに入れておこう。五時、十三時、二十一時に薬を飲むから、もし忘れていたら教えてね」

哲夫はスマートフォンを操作しながら、今日子に喋った。

「うん」

今日子は頷く。

「そしたら、授乳の練習しなくちゃ」

「じゃあ、私がやったあとに、哲夫がやる？」

「うーん、僕が授乳することにするんだったら、もう僕だけが授乳の練習するのでもいいのかなあ」

哲夫がなんの気なしに言うと、

「だけど、もしかしたら、私もこれから急にたくさん出るようになるかもしれないし……。それに、哲夫の治療が上手くいくかわからないから、リスクヘッジのためにも私も練習続けた方がいいと思うけども……」

ぼそぼそと今日子が言うので、「やはり、今日子はまだ自分が母乳を十分に出せるのではないか、という希望に未練があるのだな」と哲夫は察した。

「そっか、そうだよね。今日子ちゃんが授乳したあと、交代して、僕も授乳の練習していい？」

哲夫が言い直すと、

「うん」

今日子は頷き、先に今日子が授乳を始めた。

その後に哲夫が授乳の練習をし、その間に今日子が粉ミルクを作り、哲夫の授乳が終わったあと、今日子が哺乳瓶を薫にくわえさせた。


その後、三日置きに病院へ行き、注射とマッサージと授乳練習を繰り返した。家では一日三回の服薬をした。少しずつ、哲夫の胸は膨らんできた。

二週間ほどが経って、また家で授乳をしていたとき、

「まだかなあ?」

哲夫は薫の口からいったん乳首を外し、右手のひとさし指と親指で乳首を軽くつまんでみた。

「ゆっくりで大丈夫だよ」

キッチンで調乳していた今日子が穏やかに言った。

「ああっ」

哲夫は叫んだ。黄色い初乳が乳首に滲んだのだ。

「わあ、父親も乳を出す時代が来たんだ」

今日子は拍手した。

「こうでなくっちゃな。こうでないと、こっちの性別に乳首がある理由がわからない

もんな。長年不思議だったんだよ、なんで乳首が付いているのか」

哲夫は自分の乳首を見つめた。

「親業をやりたい人に間口を広げないとならないものね、これからの社会は」

今日子は深く頷きながら哺乳瓶を持ってきた。

「そうだよ、そうだよ」

「みんなで働いて、みんなで親になる時代がとうとう来たんだ」

「そうだ」

哲夫は初乳の滲む乳首をもう一度薫にふくませた。薫は当然という顔でそれを吸う。

「薫ちゃんは、偉いなあ。一所懸命に飲んでいるね」

今日子はにこにこする。

「偉いぞう」

反対の乳首も少し吸わせてから、哲夫は薫の口から乳首を外した。

「とはいえ、初乳はちょっとだから、ミルクも飲もうね」

今日子は薫を抱き取ろうとする。

「そうだね」

頷きながらも、哲夫は屈辱感を味わう。父乳が足りないから、ミルクで補う。当たり前のことなのだが、受け入れ難《にく》くなってきている。もともと「親としてのプライド」が高いたちだった哲夫だが、初乳によってより高くなった。早く、早く、もっとたくさん父乳を出せるようになりたい。

「ミルクもおいしいね」

今日子はにこにこしながら、薫が哺乳瓶の乳首を吸うのを見ている。

「ごめんな、お父さんの父乳が不十分で。もっと早くから、父乳の準備を始めれば良かったよな。お父さんの努力が足りないよな」

哲夫はつい謝ってしまう。

「ゲップをしようね。お父さんにやってもらおうね」

今日子は哲夫に薫を渡す。

赤ちゃんは母乳やミルクを飲むときに空気も一緒に飲み込んでしまう。赤ちゃんの胃はとっくり型なので飲んだものが戻り易いのだが、飲み込んだ空気をゲップとして出させておくと吐くのを防止できる。縦に抱っこして優しく背中をさすり、ゲップを出させる。とはいえ、吐くこと自体が問題なのではなく、吐いたものが喉に詰まって息ができなくなるのが問題なので、ゲップをしなかった場合は顔を横に向けて寝かせ、吐いたものが逆流しないように注意すれば良いらしかった。

「さあ、ゲップしような」

体を縦にしようとしたら、まだ首がまったく据わっていない薫はぐんにゃりする。

「首に気をつけて」

今日子が偉そうに注意してくる。

「わかってるよ」

哲夫は気分を害した。初乳が滲み、自信が湧いてきたので、今日子が先輩面をしてアドヴァイスしてくるのが引っかかる。

「良かったねえ、薫ちゃん。お父さんに抱っこしてもらえて嬉しいね」

今日子は哲夫の顔色を読み取ったのか、今度は間接的におだててくる。

「薫ちゃん、可愛いぞう、可愛いぞう」

不安定な縦抱っこをしながら、哲夫は背中をさする。げふっと薫がゲップをする。

「したねえ」

今日子が手を叩く。

「したなあ、可愛いぞう」

頭を撫で、立ち上がってベビーベッドへ寝かせる。

「お父さんにおなかいっぱいにさせてもらえて良かったねえ……。じゃあ、私は洗濯物を取り込むから、哲夫は哺乳瓶を洗ってくれる？」

今日子も立ち上がった。

「わかった。夕食の支度もするよ」

哲夫はベビーベッドから離れ、哺乳瓶を受け取ると、キッチンへ向かった。白いエプロンを締める。哺乳瓶の洗浄をして、ケースに仕舞い、電子レンジで消毒する。それから、夕食の準備を始めた。

ズッキーニを取り出して切る。フライパンを取り出し、鮭と一緒に焼くことにする。白いエプロン姿で立つと、結婚式を思い出す。哲夫は自分の結婚式を、白いタキシードで行った。

二年前に哲夫と今日子は結婚した。友人、仕事関係者、親戚など、百人ほどの客を招待してパーティーを開いた。レストランを貸し切りにして、人前式をしたあとに立食でわいわいやる会だった。今日子は黒いパンツスーツ、哲夫は白いタキシードで臨んだ。タキシードは哲夫の体型に馴染む、シンプルでかっこいい形のものだ。

哲夫は小太りの体を膨張色で包んだわけだが、オフホワイトは哲夫のチャームポイントのぴんと張った血色の良い肌を美しく見せた。爽やかで凜々しい印象になった。

今日子のパンツスーツは、黒といっても光沢のある生地で決して地味ではなく、大きな襟はベルベットで装飾されていた。それに胸元と髪に華やかな生花を挿していた。ただ、今日子の服装には哲夫の服装の三分の一程度しか費用がかかっていないらしかった。貯金のない哲夫は結婚式はやりたくなかったのだが、今日子が「自分が出すからやろう。かっこ良くしてあげる」と言い張り、哲夫に値の張るタキシードを着せ、自身のスーツは安く済ませた。ウェディングドレスにタキシードの三倍ほどのレンタル料がかかるのはよくあるとのことで、差があるのは変ではないらしい。

哲夫としては、白いタキシードは試着で気に入ったので嬉しかったが、今日子ももっと派手な衣装を着たらいいのに、とは思った。だが、お金を出すのは今日子だし、本人がスーツを選んだのだから応援しようと考えた。

だが、パーティーの直前に控え室で、

「夫ってものは奥さんを立てて、もっと地味にしないとゲストに失礼なんじゃねえの？　普通は、妻が白、夫が黒だろ。ゲストは奥さんを見たいんだから。夫じゃなくて、奥さんが視線を集められるようにしないと。今日子さんだって、ちゃんと着飾ったら、きれいに見えるんじゃねえの？　夫は、奥さんを見て、『きれいだね』って言ってあげるのが仕事なんだよ。お兄ちゃんは、わかってないな」

哲夫のきょうだいの直治《なおじ》が生意気にも忠告してきた。直治は哲夫よりも六歳下だが、五年前に結婚していて、すでに子どもが二人いた。

「え？　今日子ちゃんは『きれいだね』なんて言ってもらいたくないと思うけど。容姿で目立つの嫌いだし」

哲夫は首を傾げた。

「じゃあ、なんでパーティーをやろうと思ったんだよ？　奥さんを披露したかったんじゃないの？」

直治は怪訝《けげん》な顔をした。

「うーん、違うなあ。今日子ちゃんのたくらみとしては、『ゲストに対してきちんとおもてなしできる力量を見せたい』って感じなんだろうな。他に本音で披露したいものがあるとしたら、経済力かもなあ。経済力を見せびらかしたいんじゃないかなあ」

「経済力？」

「この結婚式も、全部今日子ちゃんの貯金でやってるから。今日子ちゃんは稼いでいるからね。今日子ちゃんは、仕事に自信があるし、仕事のこと褒められるのは嬉しいみたいだから」

「なんか、そうらしいね」

「僕には自分の仕事をみんなに自慢したい気持ちはないけど、今日子ちゃんには、たぶん、あるんだよ。『甲斐性のある奥さんで、うらやましいなあ』って、言われたいんだよ。それで、容姿を見てもらう役は僕に回したいんだろうね。僕は、『かっこいいね』と言われるの、まんざらでもないし。だから、僕は、かっこいい白いタキシード。うん、やっぱり、僕らの場合は、これでいいんだ」

「まあ、俺は、『甲斐性のある奥さんで、うらやましいなあ』なんて、思えないけどね。そりゃあ、お金は欲しいけど、自分で稼ぎたいよ。周りにも、『旦那さんが稼いでいる』って思われたい」

「なるほど。つまり、今日子ちゃんも直治と同じ気持ちなんだろうな。『お金が欲しい。でも、人からもらうんじゃなくて、自分で稼ぎたい。そして、人から〝稼いでいて、かっこいい〟〝あんな奥さんと結婚したい〟って言われたい』って」

「ふうん。俺にはわかんねえな。なんにしても、これだと、『性別を逆にしたい夫婦なんだ』『性別に違和感を持つ夫婦なんだ』って誤解されるんじゃない？　実際は、そんなことないんだろ？」

「僕らは、違う性別になりたいわけじゃない」

「じゃあ、なんなの？」

「ただ、かっこいいタキシードを着たり、仕事を自慢したりしたいって欲があるだけだよ。あとは、みんなをおもてなしして、みんなと仲良くなれたらいいな、って感じ」

哲夫は顎を撫でた。

「ふーん、俺にはわかんないけども。じゃあ、そろそろフロアに戻るね」

そう言って、直治は控え室から出ていった。

入れ違いに、レストランスタッフに指示を出し終えた今日子が戻ってきたので、

「ねえ、今更だけど、僕が白い服で、本当にいいのかなあ?」

哲夫は尋ねてみた。

「なんでそう思ったの?」

今日子は怪訝な顔をした。

「え、なんか、『ゲストは奥さんを見たいんだ』って聞いて……」

「お客さんが言っている通りのものを提供するのがサービスとは限らないでしょ。何か言われたからって、それをそのまま信じたら駄目だよ。お客さんが、ニーズを自覚しているとは限らないんだ。お客さんが潜在的に持っているニーズを読み取るんだよ。一歩先を行かないと」

「まあ、ねえ……」

「何か苦しいの? 哲夫が苦しむことがないように、私はこれから気をつけるね。ありがたいことに、今は、電化製品が発展して、生理ナプキンも進化して、医療も進んで、身体能力のハンデは小さくなり始めている。自分が思っているよりも自分は強いかもしれない、相手が弱者かもしれない、という視点を持って、誠実に相手と対峙していくんだ、私は」

「うん」

「さあ、自分たちらしいカップルになろう。私は哲夫を幸せにしてあげる」

そうして、結婚後しばらく、家の中心は哲夫だった。今日子が哲夫を家の真ん中に据えた。哲夫はそれを受け入れた。今日子はことあるごとに哲夫の写真を撮った。結婚式、新婚旅行、普段の食事、誕生日のお祝い、庭の薔薇《ばら》が咲いたので横に立って……。今日子は自身が撮られるのを嫌った。アルバムは哲夫の写真ばかりになった。玄関には哲夫の顔写真をポスターのように大きくコピーしたものを飾っていた。

「子どもを作ろう」

と提案した哲夫に、

「でも、人生、そんなに希望通りにいかないものだよ。子どもが生まれたらそれはそれで嬉しいけど……。二人で暮らすのだって、きっと楽しいよ。世間に漂っている、『結婚した二人はそのあと子どもをもって当たり前』っていう空気にあらがってもいいんだよ」

今日子は躊躇《ちゅうちょ》した。

「生まれたら嬉しいって気持ちがあるのなら、まずはできる限り努力してみようよ。子どもがいたら楽しいよ。生まれるように頑張ってみようよ。べつに、周りの風潮に流されているわけじゃないよ。子どもがいたら楽しそう、って自分が思うんだよ」

哲夫は主張した。

「努力しても、希望通りにならないかもしれない……。仕事の先輩にも、子どもを授かれなかった人が何人かいるよ。夫婦だけの家族でも幸せそうだよ」

「希望が叶わなかったらどうしようかというのは、叶わなかったときに考えればいいじゃないか」

「哲夫は、子どもが欲しいから結婚したの？」

「いや、今日子ちゃんと生きていきたいと思ったからだよ」

「そうでしょ？　新しい夫婦像を模索したかったんでしょ？　世間に染まらないように」

「子どもが生まれても、関係を保ったらいい」

「関係って、恋愛関係？」

今日子が片眉をあげた。

「……そうか、そもそも、僕らって恋愛関係なのかどうか、わからないよね」

哲夫は首を傾げた。

「恋愛じゃないような気がするね。そしたら、何関係なんだろう？」

「うーん、なんて言ったらいいのか」

二人は、お見合いでも結婚相談所でもなく、大学のサークルで出会った。長く友人関係を続けたあと、周りから彼氏彼女と呼ばれる関係になり、結婚を考え始めた。付き合おう、だの、好きだ、だのといった科白《せりふ》も、一応、結婚の三年ほど前に交わされた。だから、これを恋愛と表現しても許されるだろう。でも微妙に、いわゆる恋愛とは違う関係のような雰囲気もあった。

「とにかく、恋愛じゃないって考えるなら、なおのこと新しい婚姻関係が二人で築けるよね。恋愛だったら、この恋愛を肯定するために子どもが欲しい、って感じになっちゃいそうじゃない？　ほら、多くの物語で、いい恋愛のあとに子どもが生まれるよね？　たぶん、恋愛を肯定するためなんじゃないかと思うんだけども」

今日子は腕を組んだ。

「なんか、恋愛物語って、結婚するか、恋が破綻するかでラストを迎えがちだよね。そのあとも続いていく物語では、息子が父親殺しを行うとか、娘が母親とは違う生き方をするとか、何かしらが起こって主人公が交代するよね？　つまり、結婚に主人公が耐えられないんだろうね」

哲夫は大学で比較文学を専攻していたので、話しやすい話題だった。この話題で、子どもを産む努力を今日子に求める流れに持っていきたかった。

「うん」

今日子は軽く頷いた。

「だから、恋愛関係だったら結婚後や出産後も関係を保とうとする努力が実を結ばないわけだけど、僕たちは新しい関係なんだから、物語が破綻しないよ」

「え？　でも、子どもと主人公を交代するんでしょう？」

「いや、恋愛物語だったら、そうなるんだけれども、僕たちの物語は、恋愛じゃないんでしょ？　だから、父親殺しや母親への反抗なしに、新しい物語が始まるかもしれない。子どもと仲良くしよう」

「うーん……」

今日子は腕を組んでまだぶつぶつ言っている。

「とにかく、僕はお父さんになりたいんだ」

哲夫は叫んだ。

「そうか。『お父さんになりたい』。最初から、そうシンプルに言ってくれたら良かったのに。そしたら、私は哲夫を幸せにしなければならないから、哲夫の夢を応援しよう。お父さんにしてあげよう」

今日子は納得した。


しばらくして今日子の妊娠がわかると、哲夫の胸はこれまでに感じたことのない強烈な喜びでいっぱいになり、浮き立った。仕事中も常にハイテンションで過ごした。哲夫は派遣社員としてＳＥをしている。キーボードがいつもの三倍くらい速く打てるようになった。

友人から、「こっちはおなかが膨らんで苦しく、体の変化に戸惑いながらも、部屋を整えたり育児書読んだりして親になる準備を着々と進めているのに、パートナーはこっちをまったくサポートせず、親になる自覚を持ってくれない」という愚痴を哲夫は聞いたことがあった。

それで哲夫は、自分の方が中心になって赤ちゃんを迎える準備を行うことにした。様々な育児書を読み、インターネットを検索し、出産に備えた。そうしているうちに、哲夫の「親としてのプライド」はどんどん高くなっていった。

今日子はコンサルティングファームで正社員として働いており、産休育休の制度が整った環境にいるのだが、クライアントとの関係を維持したいらしく、「出産ぎりぎりまで働きたい」と仕事愛を宣言していた。ただ、妊娠報告のあとは本人よりもむしろ周囲の人たちが気を遣ってくれ始めたみたいで、それまでより早く帰宅するようにはなった。

哲夫の方が時間の融通が利くので、両親学級には哲夫がひとりで参加した。他の人たちはみんなカップルで来ていたが、哲夫はひとりで人形を抱っこしてベビーバスに入れる練習をした。

母乳についても書籍やインターネットで勉強した。

現代は母乳に加え、粉ミルクや液体ミルクなどの人工栄養があって、赤ちゃんの栄養を選ぶことができる。

ただ、WHOとユニセフは母乳育児を推奨している。「ミルクをあげるのはかわいそう」という空気が世界中に漂っている。母乳神話は根強い。選ぶというよりも、「母乳を選びたくても選べない人が人工栄養で補っている」というのが現状に近い。

ミルクで育てている母親は、家族から「頑張って母乳を出そう」としつこく勧められたり、友人から「私は母乳で育てた」と何気なく自慢されたり、通りすがりの人から「可愛い赤ちゃんね。母乳で育ててるの？」といきなり聞かれたり、様々なシーンで母乳神話を感じ取り、傷ついてしまうという。「母乳の方が愛情がこもる」「人間は太古から母乳で育ててきたんだ」「動物の飲み物（ミルクは、牛乳を精製したものだ）より、人間の飲み物がいいに決まっている」といった、根拠のない科白も様々な場所で発せられる。

母乳が出ない体質の出産者もいるし、体の事情がある赤ちゃんもいるし、出産者ではない人がメインで子育てをしている家庭もある。ミルクで立派に成長した子どもはたくさんいる。

哲夫としても、人工栄養で育児をしている親を不必要に傷つけたくはないし、非科学的なことは言いたくない。「でも、母乳が出るんだったら、母乳をあげたいよなあ」というのが、いろいろ調べた結果、思ったことではあった。

哲夫は立ち会い出産を希望していた。今日子も同意し、無痛分娩を計画して分娩室を予約し、立ち会いができるようにしていたのだが、結局のところは、陣痛が上手く進まなかったために緊急帝王切開になった。その病院には手術室に家族が入れないルールが定められていたので、立ち会いは叶わなかった。哲夫は待合室のソファで待った。帝王切開というのは手術としては簡単なものらしい。あまり時間はかからず、今日子が手術室に入って三十分足らずで看護師が現れ、

「生まれましたよ」

と別室へ案内してくれた。すぐに抱っこできるものと思っていたら、薫は体が小さかったために保育器に入れられており、穴に手を入れて、ちょっと握手するだけしかできなかった。

今日子の病室へ行き、

「保育器に入っていたよ」

ベッドに横になっている今日子に報告すると、

「なんでさ？　さっきは元気だったよ。私は握手して、頬をつついたよ」

今日子はいぶかしんだ。生まれてすぐに、今日子は元気な薫を目で確認して、小さいとは感じなかったらしい。

「うん、きっと大丈夫だよ」

哲夫は根拠のないまま頷いた。

「それにしても、帝王切開は楽だね。麻酔したから、全然痛くなかったよ。あの子が生まれたのは、私の努力じゃない、先生の技術だね。ありがたい。もうひとり産みたいよ。数年したら、二人目も授かりたいね」

今日子は管だらけだったが、顔はいつも通りで、本当に元気そうだった。「帝王切開も大変なお産だ。ものすごく痛いし、甘くみるな」と友人たちから聞いていた哲夫は拍子抜けしたが、出産は個人差が大きいのだから、今日子のような人もいるのだろう。


生後三日で薫は保育器を出て、授乳が開始されることになった。「これから育児にお金がかかっていくし、四人部屋にしたらいいのに」と哲夫は思っていたが、「相部屋だと気疲れする。私は、修学旅行でも眠れないたちだったんだから。入院費も手術費も私が全額出すし、育児にお金がかかるって言っても、私は稼ぐつもりだし、いいじゃないか」と今日子は言って、個室に入院していた。薫は小さなベッドで今日子の病室へ移動してきて、母子同室になった。

　母乳はすぐには出ないようだった。

　見舞いに行って、たまたま助産師と居合わせたときに、

「母乳に苦戦しているみたいですけども、まあ、こんなもんですよねえ」

　と今日子を傷つけないように声のトーンを明るくしつつ、哲夫は質問してみた。

「すぐに母乳が出る人の方が少ないんですよ。プレッシャーをかけたらいけませんよ。リラックスすることと、頻回授乳が決め手です。出なくても、どんどん吸わせること。新生児の頃の授乳は一日に合計八時間以上かかる労働ですから、『今は授乳が仕事だ』という意識で臨むのが良いと思います。とにかく、出ないときこそ、赤ちゃんに吸ってもらわなくてはいけません。そうすると、脳に『母乳が不足している。母乳を出せ』という指令が届いて、少しずつ出るようになります。逆に吸わせないでいると『もう誰も母乳を必要としていない。母乳は出さなくていいんだ』と脳が判断して、出なくなっていくんですよ」

　おかっぱ頭の真面目そうな助産師が答えた。

　今日子はニヤニヤしながら話を聞いていたが、助産師が病室からいなくなると、

「私だって、リラックスしようって頑張っているんだよ。夜も、三時間置きに起きて授乳しているんだよ」

肩をすくめた。

「タンポポ茶がいいらしいよ」

哲夫はインターネットを検索して知識を得て、オーガニック専門店で母乳に効くお茶を購入して持ってきていた。

「本当かな?」

今日子はいつものように、インターネットの情報をむやみに信じる哲夫に批判的な目を向けつつ、それでも哲夫がティーバッグをマグカップに落とし、給湯室へ行ってお湯を注いでから戻ってくると受け取って飲んだ。

「とにかく、無理しないでね。僕にできることは、なんでもするからね。退院したら、僕は短時間勤務になるから、家にいる時間は、僕がメインで育児をするね」

哲夫は今日子を労《いたわ》った。

「産後の地獄」についての噂を度々耳にしていたので、哲夫は不安だった。新生児の世話がとても大変な上、出産者は体の復調に日数がかかってしばらく家事ができないので、家が荒れる。「産後クライシス」という言葉もあるように、体の不調や育児の疲労から出産者がパートナーに対して愛情を失い離婚に至るケースもあるという。また、産後うつという病気に出産者がかかってしまった場合は、治療や休息が必要だ。まずは今日子の精神力に余裕を持たせなければならない。

授乳のときは、出の悪い母乳では栄養が足りないので、一定時間乳首をくわえさせたあとに、粉ミルクを与える。薫は「待ってました」といわんばかりに哺乳瓶にむしゃぶりつく。

「哺乳瓶の方が飲み易いと覚えちゃったのかなあ。乳首をくわえさせようとするときに『これじゃない』という仕草で顔を逸らすようになった。『母乳じゃなくて、粉ミルクが早く飲みたいんじゃー』って。困り果てていると、助産師が『お口、あーん、お口、あーん。そら、今だ。ぐいっと』って、無理矢理に赤ちゃんの口を開けて私の胸に押しつけて、乳首を深くくわえさせるんだよ。え？　これが育児なの？　って驚く。こっちの考えを押しつける行動をしちゃってる。いや、こうするしかないんだろうけども」

今日子はため息をついた。

薫というのは哲夫が前々から用意していた名前だ。今日子も賛成してくれた。そうして、哲夫が、今日子と薫が入院している間に市役所へ行って出生届を出した。

哲夫は、部屋を掃除し、ベビー布団を干し、空気清浄機も準備して、赤ちゃんを迎える家をしつらえた。

生まれて七日後に薫は病院から家へ移ってきた。タクシーで帰ってくるなり畳の部

屋で布団の上にあぐらをかき、しばらく乳首をふくませていた今日子が、

「ミルクを作ってくれる？」

と哲夫の顔を見た。

「うん」

哲夫は頷いた。

これまで病院で今日子が授乳に関する不安を吐露するのを聞きながら、本当はいらいらしていた。

こっちは出したくても出せない。今日子も出したくても出せないのかもしれない。だが、もっと努力したらいいのに……。自分にできるのは粉ミルクを作ることだけだ。おいしいミルクを作ろう。キッチンへ向かいウォーターサーバーから湯を出そうとすると、

「ウォーターサーバーのお湯は沸騰していないから、もうちょっと大きくなるまでは殺菌しないといけない。一度火にかけて沸騰させる……。そう、そう。それから、ミルクの粉をスプーンで掬《すく》って計量して……。そう、そう」

今日子が薫をベビーベッドに寝かせたあと哲夫を追いかけてきて、教え口調で言ってきた。

「ああ、はい、はい」

哲夫は空返事をしながら従った。

「ああ、ごめんね。私の方が先に粉ミルクの作り方を覚えちゃって。母親が妊娠や出産で病院に行くから、医師や看護師や助産師から話を聞いて、つい先にいろいろ覚えてしまうけど、父親に偉そうに振る舞うの、良くないよね。そもそも、私たちの場合は哲夫の方が子ども好きで、育児のことも前々から勉強していたんだしね。哲夫はすごいよ」

今日子は哲夫の顔色を読み取って、哲夫の「親としてのプライド」に配慮しようとしてきた。

返事をせず、哲夫はもくもくと作業を進めた。

「さあ、できたぞう」

できあがったミルクを畳の上に置き、ベビーベッドに寝かされていた薫をおそるおそる抱き取ってから、あぐらをかいた。

「授乳枕をしたら？」

今日子がU字型のクッションを持ってきて、Uの字の開いている箇所を哲夫の腰に嵌《は》める。このクッションをすると、赤ちゃんの位置が上がり、フォームが安定して、授乳が格段に楽になるそうだ。哲夫は母乳のためだけのクッションなのかと思って遠慮していたのだが、ミルクのときも使っていいみたいだ。

「おいしいぞう」

薫に哺乳瓶をふくませた。ぺろんとめくれ上がった新生児特有の唇で薫は乳首に吸い付いた。

「良かったねえ。お父さんのミルクは、格別においしいねえ」

今日子は哲夫を横目で見ながら薫に向かって言った。

「どんどん飲んでくれるよ。嬉しいなあ。作り甲斐があるなあ」

哲夫は得意気に今日子の顔をちらりと見た。

「良かったねえ。お父さんのミルク、おいしいねえ」

今日子は拍手をした。


その日、家で初めて風呂に入れるのも哲夫が音頭を取った。両親学級で学んでいたが、それでも不安だったので、『赤ちゃんのお風呂の入れ方』というＤＶＤを買っておいた。直前に観て復習してから、ベビーバスに湯を張った。体の洗い方、服の着せ方、その他いろいろな場面で、哲夫はリードしようとした。だから、妊娠出産による通院や入院の中で風呂についても医師や看護師や助産師から教わったと言い張る今日子が途中から再び教え口調になったのには、またいらいらさせられた。

哲夫は、今日子の妊娠が判明した直後から「子どもが生まれたあとは、時短で働きたいのですが……」と派遣会社に相談していた。すると、八時から十五時までの形態で勤務できる会社を紹介してもらえた。

そのため、薫が家にいるようになってから、夕方以降は哲夫も家にいるようになった。昼間は今日子がひとりで育児をしているが、帰宅後は哲夫がメインで薫の面倒を見る。

授乳に関しても、昼は粉ミルクか液体ミルクを今日子が与えるが、夕方以降は今日子が授乳の真似事を数分したあとに哲夫が粉ミルクを作って飲ませた。

夜中に薫が泣くと、哲夫がまず起きた。「父親というものは赤ちゃんが大きな声で泣いてもなぜか起きないものだ」と多くの母親が嘆いているのを哲夫は知っていた。そういう「父親イメージ」にあらがいたくて、泣く前の雰囲気が漂い始めた段階で、ぱちりと目を開けた。手を伸ばしておむつを仕舞っている籠から一枚取り出し、立ち上がってベビーベッドの柵を下ろして、おむつを替え始める。今日子は哲夫がおむつ交換をしている間におもむろに起き出し、授乳マッサージをして準備をし、おむつ替えの終わった薫を哲夫から受け取り、数分間授乳をした。哲夫は今日子に薫を抱き取らせたあと、すぐにキッチンへ移動して粉ミルクを作り始めた。今日子は哺乳瓶を持って戻ってきた哲夫に薫を渡し、再び眠る。哲夫は薫に粉ミルクを飲ませ、そのあとゲップを出させ、寝かしつけ、哺乳瓶を洗浄し、電子レンジに入れて消毒してから、再び眠った。

そうやって、これまで世話をしてきたのだ。

粉ミルクを作って飲ませ、飲んでくれることに喜びを感じ、それでも、「本当は母乳がいいんだろうな」と悩んでいた。

でも、生後一ヶ月で、その悩みがとうとう解消された。

哲夫の乳首に初乳が滲んだのだ。


哲夫と今日子は、哲夫が作ったピンク色の鮭のバター焼きと黄緑色のズッキーニと白色のビシソワーズと黄色いミモザサラダの夕食をとった。

食後、皿を食洗機に入れてスイッチを押して、二つのマグカップにルイボスティーを淹《い》れながら、

「あのさあ、僕に父乳が出るようになったじゃない？」

哲夫は今日子に話しかけた。妊娠中や授乳中はカフェインを控えた方が良いという説があるので、今日子はもう一年近くコーヒーも紅茶も緑茶も止めてルイボスティーを飲んでいて、哲夫もそれに付き合ってカフェイン断ちをしていた。今となっては、本当にそうしていて良かった、としみじみ感じる。

「うん」

いじっていたラップトップから顔を上げて、今日子が返事をした。

「交代した方がいいんじゃないのかなあ」

哲夫はマグカップをひとつ、ラップトップの横へ置きながら、提案した。

「交代？　私が、仕事に復帰していいってこと？」

今日子が目を大きく開いた。

「そう。難しい？」

「いや、嬉しい。やりたい仕事があるから。産む前に終わらせておこう、って思っていた仕事で、結局仕上がらなかったのがあるから、気になっていて……。あと、個人的にクライアントさんに会いに行きたい気持ちもあるし、調べておきたいこともあるし……。もちろん、薫ちゃんともっと一緒にいたい気持ちもあるから寂しいけれど……。でも、働いていたって、朝や夜や休日は会えるし、どこにいたって何していたって気持ちはずっと親子一緒でいるつもりだしね。会社の方は、どうだろう？　産後休暇を最低でも六週間取らせないといけない、って労働基準法で定められていて、それを守らなかったら会社が罰せられるみたいなんだよ。ただ、もうすぐ六週間経つよね。まずは、明日、上司に電話で相談してみる。『やっぱり、パートナーが育休を取ってくれることになりまして』って伝えたら、きっと、歓迎してくれるんじゃないかなあ」

「ふうん、六週間。なんでなんだろう?」

哲夫は腕を組んだ。

「まあ、『一ヶ月は床上げせずに、家事は家族にやってもらって、なるべく寝て過ごせ』っていうのは、昔から日本で言われてきたことっぽいけどね。休まないと復調しないらしい」

今日子が言う。

「そんなもの? まあ、産むっていうのは命がけだもんな。医療が発達していなかった昔なんて特に」

「あと、悪露っていうのがある」

「オロ?」

「なんか、股から血が出続けてるんだよ、生理に似ているけど、ちょっと違う感じの。胎盤の残りとかそんなのだろうけど」

「えー、じゃあ、痛いでしょ? つらいでしょ?」

哲夫は顔をしかめた。

「これも人によるんだと思うんだけど、私の場合は、血が出てるとはいえ、痛みはそんなにないんだよね。子宮が元の大きさに戻るときの痛みがあるはずだ、って聞いていて、確かに戻っていく感じはあるんだけど、なんか違和感があって形が変わっていく雰囲気があるな、って程度だ。あと、腹にある帝王切開の傷口も、痛いというより、痒《かゆ》い。今は自分で傷口に貼るテープを交換しているから傷口をときどき見ているんだけど、ボールペンで引いたような線がパンツを穿いたら隠れるところにちらっとあるだけだし。先生が上手だったんだろうね」

今日子はやっとルイボスティーに口を付けた。

「でも、無理しないでね」

「とにかく、個人差がかなりあることなんだな。人によって、痛みが治まらない、とか、産後の肥立ちが悪くて救急車を呼ぶ、とかも起こるみたいだし。あと、産後うつになったり、産前とまったく違う体質になってしまったりすることもあるらしいでしょ？　だから、六週間というのは、まあ、わかるんだ。ただ、ひとり残らず体調が悪くなるわけでもない。私の場合は、自覚できるつらさっていうのは、あまりないんだよ。それでも、ちゃんと産後一ヶ月の間はできるだけ静かに、動き回ったりしないで過ごしたんだよ」

「そうか。とにかく、今日子ちゃんの仕事を応援するから」

哲夫もルイボスティーをすすった。

「ありがとう。薫ちゃんといられるのも、もちろん幸せだけど、こうしていてもクライアントさんの顔が眼前にちらちらして。つい、メールしたくなっちゃうし。家族との絆の方が大事なのは絶対で、仕事関係の人とは一時の儚《はかな》い間柄に過ぎないのに、関係を築きたくてたまらないんだよね。この気持ちはなんなのだろう」

今日子は笑った。

「じゃあ、僕は事情を伝えて、休職しよう」

哲夫ははっきりとした口調で言った。

「え？　そんなことできるの？」

「うん。できなかったら、辞めてもいい。そりゃあ、辞めるなら、もっと早く伝えて後任の準備をお願いするのがマナーだとは思うけど、急に父乳が出たんだから、仕方がない。父乳をあげられるのは僥倖《ぎようこう》で、こんなチャンス、なかなかないことなんだ」

「父乳が出て、おめでとう」

今日子は少し悔しそうな声で言った。

「父乳が出たぞう。これからは、お父さんと過ごすんだぞう」

哲夫はベビーベッドの側へ行って、眠っている薫の空豆みたいに小さな耳へ囁いた。

翌日には前日よりも多くの父乳が乳首から滲んだ。

その次の日には、もっと滲んだ。

日に日に、父乳は増えていく。

　哲夫は今日子に薫を任せて派遣会社と派遣先へ謝りに行った。これまで行っていた派遣先は辞めることになり、派遣会社が代わりの人をすぐに手配してくれることになった。育休は遅くとも一ヶ月前までに申請しなければならないそうなので諦め、哲夫は、ただ登録だけ残して、派遣会社の仕事斡旋《あっせん》をしばらく止めてもらうことにした。無収入になり、復職する場合は一からやり直しだ。哲夫としては、それで構わなかった。

　今日子の方は計画通りに進んだ。上司から温かい言葉をかけられたらしい。来週から出社することになった。出社までの間、今日子は昼間は資料作成やメールの遣り取りを行うが、朝や夜に料理や洗濯を、雑にだが済ませておいてくれるので、哲夫はがっつりと授乳に取り組んだ。

「出なくても、どんどん吸わせること。新生児の頃の授乳は一日に合計八時間以上かかる労働ですから、『今は授乳が仕事だ』という意識で臨むのが良いと思います」という助産師の言葉を思い出した。ミルクと違って飲み過ぎに注意しなくてもいいらしいので、哲夫は一時間置きに、三十分ほど薫に乳首をくわえさせていた。すると、時間がどんどん過ぎていく。授乳だけで、派遣で働いていたときの労働時間よりも長くなる。

赤ちゃんのことを考えたり、世話したりすることで、オキシトシンというホルモンが出るというから、哲夫は熱心に薫について頭を巡らせ、あくせく世話をした。

授乳は気持ちいい。

今日子が言わなかったので知らなかったが、授乳は快感を伴うものだった。むしろ痛そうなイメージで今日子の授乳を眺めていたので、驚きだ。今日子はつらい中で授乳をしているに違いないと思い込んでおり、努力しろとしつこく言うのは酷だと考えていたが、こんなに気持ちの良いものだったのか。

哲夫も薫もお互いにまだ不慣れなので、なかなか呼吸が合わず、乳首を近づけても口が開かなかったり、深くくわえさせられなかったりして、上手くできない歯がゆさも感じるのだが、気持ち良さの方が上回る。

乳が出ているか出ていないか、出している側は認識できない。相手がこきゅこきゅと口を動かしているのがただのおふざけのように感じられるくらい、こちらには栄養を与えている実感がない。でも、出ていようが出ていまいが、こちらの楽しさは変わらない。乳首を赤ちゃんに吸ってもらっているすべての時間が気持ちいい。

完全に目だ。

薫に乳首をくわえさせているとき、哲夫は完全に目だけの存在だった。

乳を吸われているのではなく、存在を吸い取られている感じがある。赤ちゃんが乳首に吸い付く度に、父親の自分は薄くなっていく。それが嬉しい。

自分はこれから、世界を見ているだけでいいのではないか。頑張って人生を作っていくようなことは、もうしなくていいのではないか。子どもを眺めて、父親として生きていけばいいのではないか。

自分の存在が薄くなって、薫がその自分を滋養として新たな生の物語を紡ごうとしていることに喜びを覚える。

産毛がびっしりで眉毛のない横顔は、まだ人間じみていない。動物に片足が引っかかっている顔だ。進化する前の、毛むくじゃらだった時代を引きずっている。生きている、ただ、ただ、生きている。そういう顔だ。飲みたいとも思わずに、乳首に吸い付く。吸啜反射で、口に触れたものに、我知らず吸い付いてしまう。自分の腹が減っているかどうかわからない。ここがどういう世界なのかも知らない。こちらを人間と思っていないのはもちろん、吸い付いているものが乳だということも認識できていない。赤ちゃんの目はまだよく見えていない。

哲夫は赤ちゃんから全然見られていない。それは不思議な感覚だ。

必死になって世話をしているのに、相手からまったく感謝されないどころか、こちらが誰かということさえ相手に知られていない。人間とも思われていないのだ。

薫には哲夫が存在していない。一方、哲夫には薫しか存在していない。

相手から何も思われないことでも、こんなに必死になっていいのか。これまでは、学校でも会社でも、相手に何か思われることだけをやってきた気がする。相手から何も思われず、自分だけが相手を深く認識する。普段だったらストーカー扱いされそうなことが、今だけ、許されている。

「偉いねえ。そうだ、お父さんのことは気にするな。お父さんは君を見ているだけでいいんだ。親にだけ、そういう行為が許されているんだ」

薫の頭をそっと撫でる。薫は頭をかくかく動かして乳首を吸う。吸われる度に、哲夫の胸は膨らむ。もうBカップぐらいになってきた。

生まれたての薫はとても大人しく、多くの人が言う「産後の地獄」を哲夫は味わっていなかった。

「なんだ、育児って、楽しいだけじゃないか」と思った。薫はとても長く眠り、腹が空いたときだけ起きて泣く。父乳を飲んで満足すると、再び眠りにつく。それのみを繰り返していた。

だが、生後一ヶ月を過ぎ、しばらくすると、それだけではなくなった。理由もなく泣く。いや、薫なりの理由があるのかもしれないのだが、哲夫からすると、十分に父乳をあげたあとで空腹なわけがなく、おむつはまったく濡れておらず、熱もないし、怪我もなく、部屋の温度や湿度にも問題がなく、わけがわからない。服が嫌なのかと着替えさせたり、眠れないのかと子守唄を歌ってやったり、ポジショニングが気になるのかと体を揺らしたりしてみるが、まったく効果がない。顔を真っ赤にして大声で泣き続ける。

「いいぞう、泣けー、泣けー。泣いても可愛いぞう」

哲夫はやけになって拍手した。

インターネットで検索して、「魔の三週目」という言葉を知った。これまでは漠然としか感じていなかったことを、「あれ？　腹の外に出ている」と認識する。外の世界に不慣れだから泣くらしい。薫はもう一ヶ月半経っているが、今、「外の世界だ」と思い始めたのかもしれない。

空腹や排泄、病気等の可能性がないのだったら、泣いていること自体に問題はないらしい。でも、あまりに泣き続けられると、哲夫は暗い気持ちになった。

今日子は出社を開始した。パンツスーツで電車に揺られる。

それで昼間は哲夫ひとりで薫の「泣き」に付き合う。

「ここは素敵な世界だぞう。きっと、薫ちゃんも気に入るよ」

抱っこして揺らし、歌うように語りかけながらも、「いや、違うかもしれない。もしかしたら、何か重大な理由があって泣いているのではないか。やっぱり、父乳が足りていないのではないか」と疑念が湧いてくる。父乳は、乳首をつまめば滲むので出ているとは思う。でも、吸われているときの自覚がないし、哺乳瓶のように目盛りがないので、どの程度出ているのかがわからない。

そんなとき、今日子の母親の睦美《むつみ》が薫の顔を見に来ることになった。

睦美は哲夫たちの家から電車で三十分ほどの距離に住んでいるのだが、レストラン勤務で土日祝日も出勤しているので、今日子の休みとなかなか合わない。子どもが生まれる前は夕食を共にすることがたまにあったが、今は薫がいるので外食は難しいし、家に来てもらうのでも夜だと大変に感じられる。そのため、平日の昼過ぎにお茶を飲みに来てもらうことにして、哲夫だけでおもてなしをすることにした。

ちなみに、哲夫の母親の香穂《かほ》ともう一人のきょうだいの和子《かずこ》は、今はオーストラリアに住んでいる。数年前に、二人で移住してしまったのだ。三人きょうだいの中で、哲夫や直治よりも、末っ子の和子が一番母親と馬が合っていた。和子が大きくなってからは、服の貸し借りをしたり、仕事の相談をし合ったりしていた。そして一緒に引っ越してしまった。でも、哲夫とも決して仲が悪いわけではない。なかなか会えないが、電話やメールやフェイスブックなどでよく遣り取りしている。香穂は哲夫が子どもの頃から、頼れる母親というより、可愛い母親だった。悩み事を相談することはまったくないが、雑談はしょっちゅうする。いつか薫をオーストラリアに連れていきたいが、いつになるかはわからない。

そして、哲夫は香穂のことも、睦美のことも、「親」という感じには見ていなかった。

どちらも威厳がなく、世話好きでもなく、世間に流布している「親」のイメージとは違っているので、ただただ「縁の深い人」だった。


インターフォンが鳴るのが聞こえたので、そうっと薫をバウンサーに移し、玄関へ向かう。ドアを開けると、睦美がオレンジ色のシャツの上に白いジャケットを羽織って立っている。ベリーショートの髪は、ワックスできれいにセットされていた。

「わあ、よくいらっしゃいました。スリッパをどうぞ」

哲夫は招き入れた。

「あ、もう写真が飾ってあるんですね。可愛いですねえ」

下駄箱の上に置いてある写真立てを睦美は眺めた。

「ええ、僕がコラージュしたんです」

スマートフォンやデジカメで撮った写真を印刷し、切り貼りして飾った。薫のことを考えれば考えるほど父乳が出ると聞いたので、意味があるのかどうかは不明だが、写真を撮ったり、飾ったりということを、熱心にやっていた。

「この帽子、とても似合ってますね。もしかして手編みですか？」

退院の日に撮った写真を睦美は指さした。茶色の毛糸で編んだ、熊のような耳が付いた帽子を被っている。

「そうなんです。今日子ちゃんが編みました」

「意外ですねえ。今日子ちゃんって、編み物なんてしそうにないじゃない？　器用だったんですね」

廊下を歩いてリビングへ向かいながら、睦美が感心する。

「ええ、今日子ちゃんは器用ですよ」

哲夫は頷く。

「洗面所をお借りしますね」

睦美は洗面所に入り、手を洗った。赤ちゃんは清潔な手で抱っこしなければならないと思ったらしい。

「タオルどうぞ」

哲夫がタオルを渡したところで、おんぎゃあ、おんぎゃあ、と大きな声が聞こえてきた。

「泣くってことは、泣く元気があるってことですからね。良いことですよねぇ」

子どもを泣かせたままにしておくと虐待を疑われるのではないかと、泣き始めたら急いで窓を閉めて近所を気にしていた折のことだったので、哲夫はほっとした。

そうして、睦美が部屋に入っていくと、ふっと薫の泣き声が止んだ。

「あれ?」

哲夫はバウンサーの中の薫を覗き込む。

「そう、そう、赤ちゃんというのは、脈絡なく急に寝るものだった。私が子育てしていたのは随分前だけれど、ちょっと思い出しました。こんにちは、薫ちゃん。おばあちゃんだよー」

睦美も後ろから覗く。

しばらく、哲夫と睦美は薫を見つめていた。薫は、くはあ、くはあ、と寝息を立て、白目を剥いてうつらうつらしている。赤ちゃんは瞼《まぶた》の筋力が弱いので、よく白目になる。奇妙な顔だが、今しか見られないと思うと、やっぱり愛おしい。

「どうぞ、ソファへ」

哲夫は立ち上がって睦美をソファの方へ誘導した。これまでは今日子がいるときにしか睦美は遊びに来なかった。今日子抜きで会うのは初めてだ。だが、接待は薫がやってくれるだろうから、あまり緊張しない。睦美は薫に会いに来ているのだから、自分は二人の関係をサポートするだけで良いのだ。

「おかまいなく」

睦美は荷物を床に置き、腰掛ける。

「睦美さん、紅茶でいいですか？」

「はい、ありがとうございます」

哲夫は食器棚からティーポットを取り出すと、紅茶の缶からスプーンで葉を掬い、ウォーターサーバーから湯を注いだ。

「いつ見ても、素敵な庭ですね」

横目で掃き出し窓を見て、睦美は庭を褒めた。

「今年は暇がなくて、なんの種も蒔《ま》いていないんです」

花や多肉植物が好きな哲夫は、マンションでひとり暮らしをしていた頃からベランダガーデニングをしていた。結婚を機に庭付きの部屋に越してきて、昨年の春にはたくさんの種を蒔き、薔薇の苗もいくつか買った。でも今年は赤ちゃんがいるので、庭に関してはすっかり諦めてしまっていた。

「日の光が差し込んでいて、雰囲気がいいじゃないですか。植物がなくったって、土と光で十分に美しいですよ。……あの小さな鉢は？」

睦美が指さす。

「あれはレモンです。僕がひとり暮らしを始めた年に、料理に使ったレモンの中にあった種を土に埋めたんですよ。そしたら芽が出て、あそこまで大きくなりました。もう、七、八年目ですね」

哲夫はキッチンへ戻り、苺をガラス皿に載せながら話す。

「夜に何度も起こされるでしょう？」

「そうですね、おなかを空かせて泣きます。三時間置きに授乳してますが、想像していたほどはつらくないです。僕はもともとショートスリーパーで、睡眠がそんなに取れなくっても、結構、平気みたいです」

哲夫は苺の皿を睦美の前に置いた。

「ありがとうございます。……でも、びっくりしましたよ。父乳が出たって聞いて。今日子ちゃんが電話で、『哲夫くんが父乳をあげることになった』って」

睦美はくすくす笑って、苺をひとつ頬張った。

「時代は変わりましたね。とっても嬉しいんです」

哲夫はティーポットから紅茶茶碗に紅茶を注ぎながらにっこりした。

「でも、お仕事ができないでしょう？」

睦美は首を傾げる。

「僕としては、仕事も大事ですけど、父乳をあげるのもすごく大事な気がしています。

小さな人に食べ物を与えるというのは、重要な社会活動なんじゃないかな、って。たとえ、それが自分の身近なたったひとりの人相手にすることでも、授乳は社会活動だと思うんですよ」

哲夫はマグカップにティーバッグを落とし、ウォーターサーバーから湯を注ぐ。紅茶にはカフェインが含まれているから、自分の飲み物はタンポポ茶にする。

「そうですか。……余計なお世話だとはわかっているんだけれど、つい、私は気にしちゃって。もしも、『里帰り出産』をしていたら、今日子ちゃんの心に余裕ができて、リラックスして母乳が出せたってことはないですか？　私のうちが狭いから、申し訳なかったですねえ」

睦美は眉根を寄せた。

「里帰り出産」というのは、妊娠者が実家へ帰り、実家近くの病院で出産したあと、実家の親の手を借りながらしばらく子育てをする、という産前産後の過ごし方の名前だ。「産後の地獄」を乗り切る方法のひとつとして、日本の子育て界でポピュラーになっている単語らしい。哲夫は育児についてインターネットで調べ物をしていたときに、この言葉を初めて知って、驚愕した。出産者が気を遣わないで済むため、母方の実家を頼る人が多数派のようだが、父方の場合もあるという。「里帰り出産」をしない場合でも、家に母親に来てもらって家事を頼んだり子育てのアドヴァイスを受けたりすることがあるらしい。日本には、「核家族の中ではなく、実家の親の手を借りて出産や育児をしよう」という考えが根強く残っている。このような雰囲気においては、哲夫は疎外されてしまう。

今日子の父親は今日子が二十歳の頃に亡くなって、睦美はひとりでマンションの1Kの小さな部屋に住んでいる。今日子が子連れで泊まりにいくのは難しかった。逆に、この家に手伝いに来てもらうことはできそうだが、子どもが生まれる前、睦美が家に遊びにきたときには、食事時なら料理を用意し、お茶の時間ならお菓子を準備し、今日子は睦美を常に客扱いしていた。今日子が娘として母親に頼る姿は見たことがないから、おそらく「育児のサポートを親に頼む」という発想は、今日子も持っていなかったのではないか。「里帰り出産」か、あるいは、母親に育児を手伝ってもらって、余裕を持ちたかったと今日子が思っているとは想像しづらい。

「母乳のことはわかりませんが、授乳に関係なく、今日子ちゃんは今日子ちゃんらしい育児をしていくと思います」

そう返事しながら、生後三日目くらいに、病院へ薫と今日子を見舞ったときのことを思い出した。

哲夫が今日子の病室に入ると、今日子と薫は診察か何かで出かけているらしく、べッドが空だった。それで待合室に行き、缶ジュースを買って飲んだ。

するとと出産数日後と思われる出産者と、その見舞客らしい二十歳ぐらい年上の人が歩いてきた。

出産者が自販機で飲み物を二つ買う。それから二人は哲夫が座っているソファの隣のテーブルに着いた。出産者と見舞客の関係は想像がつかなかったが、近い関係ではなさそうだった。

「ご出産、お疲れさまでした」

見舞客はペットボトルのお茶を飲みながら、出産者をねぎらった。

「結局、お産が長引いて、帝王切開になったんですよ」

出産者は缶ジュースを飲んでいる。

「大変でしたね」

見舞客は神妙な顔をして頷く。

「帝王切開は、初めてだったんです」

出産者が言った。

「え？　でも、お子様はひとり目でしょう？」

見舞客が聞き返すと、

「うちは祖母も母も姉も自然分娩で子どもを産んでいて、私が初めて帝王切開をしたんですよ」

出産者は続けた。

盗み聞きするつもりはなかったのだが、耳に入ってきてしまった。哲夫はその会話を咀嚼《そしゃく》した。「初めて」という言葉が耳の中でこだました。それは、「代々続いてきた長い『出産物語』の中の一章の主人公を自分が担った」という意識から出てきたのだろう。「母親と同じ方法で出産や子育てをする」、あるいは、「母親とは違う方法で出産や子育てをする」といった表現を、育児書やインターネットで度々目にして、哲夫は何かが鮮やかに頭の中に広がるのを感じた。

出産や育児が上の世代や先祖と関係する事柄だという考え方を哲夫はこれまで持っていなかった。だが、考えてみれば、昔の日本は大家族で生活していたから、出産や育児に上の世代が深く関わったに違いない。意見を言われたり手伝われたりしていただろう。少し前の時代は父親側の家で、大昔は母親側の家で、母親と同性の家族たちによって育児が行われていた。大きな流れの中の小さな波立ちとして出産をする。そういう捉え方は、長い間、多くの人たちの間で共有されてきたのかもしれない。それに思い当たったとき、哲夫は寂しくなった。祖母や母親たち、同性だけで手を繋《つな》いで、異性を追い出す排他的な空気を作ったのではないか。「仲間に入れてくれー」と哲夫は叫びたかった。

十五分ほど睦美と哲夫の二人でお茶を飲んでいたら、また薫が泣き始めた。睦美と哲夫は立ち上がってバウンサーの側へ行った。

「抱っこしていいですか?」

睦美が尋ねるので、

「どうぞ」

と哲夫が促すと、睦美は薫を抱いて、

「可愛いねえ、可愛いねえ」

とおでこを何度も撫でた。

泣き止まなかったので、哲夫が授乳することにし、その間は寝室の引き戸を閉めて、睦美にはリビングで待っていてもらった。

授乳が終わったあと、睦美は薫を再度抱っこし、またおでこを優しく撫でて、関係を深めた。

「昼間に、今日子ちゃんのお母さん、来たよ」

哲夫が、おんぎゃあ、おんぎゃあ、と泣き続ける薫をあやしながら、仕事から帰ってきた今日子に睦美の訪問を報告すると、

「あ、対応してくれてありがとう。元気だった？　哲夫のこと、すごく褒めていたでしょ？　電話して父乳が出たこと教えたとき、『哲夫さんの心掛けが良いから出たんだ』って言ってた。そんな言い方されると、まるで私の心掛けが悪いみたい、って私はがっくり来たけれど」

　今日子は洗面所で手を洗ってからリビングに入ってきて、ジャケットを脱ぎながら言った。薫は泣き続ける。月齢が上がると、うわああん、うわああん、という泣き声に変わっていくらしいので、この、おんぎゃあ、おんぎゃあ、という泣き方を聞けるのは今だけだ。愛おしい。

「いやいや、お母さんも、そんな深い意味を込めて言ったことじゃないと思うよ？　とにかく、僕から、『今日子ちゃんはしっかり育児しています』って伝えておいたから。……じゃあ、授乳しようかな」

　哲夫が言うと、

「え？　だって、さっきあげたばかりなんでしょ？」

　今日子が止める。

「だけど、また泣き始めたし」

　育児書には、「粉ミルクは一度あげたあとに三時間以上空けないと消化できないが、母乳はいくらでもあげていい」と書いてあった。もちろん、母乳は父乳と同義だ。父乳や母乳はあげているときに量を認識できないので、赤ちゃんが泣いていると、「量が足りなくて、満足せずに泣いているのではないか」と勘ぐりたくなる。それで、しょっちゅう乳首をくわえさせた。すると薫はぷくぷくと膨らんできた。生まれたときは小さく頼りない姿だったのに、今は丸っこい。太ってくるということは父乳は足りているのだろうと考えることもできる。だが、足りているとしても父乳をあげると大抵泣き止むので、やっぱりあげたくなる。

「十分に父乳をあげているはずなのに泣いているのが気になるんだよね？　そうだ、抱っこ紐をしてみようかな」

今日子が呟いた。

「え？　家の中で？　抱っこ紐って、外出のためのものなんじゃないの？」

哲夫は尋ねた。

「どう使ったっていいと思うよ。さあ、抱っこしてあげるよ」

今日子は肩に紐を掛け、腰の後ろでフックを留め、抱っこ紐を装着すると、そろそろと薫を抱き上げて紐の中に下ろした。

薫は今日子の胸にまるでジグソーパズルのピースのようにぴったりとはまり、泣き止んだ。

「わあ、すごい。やっぱり、お母さんの胸が好きなのか」

哲夫は眉根を寄せながら拍手した。

「いい子だね、薫ちゃん。さあ、お母さんと一緒に家の中を歩こう」

今日子は得意げに立ち上がり、グランドツアーに出かけた。

「行ってらっしゃい」

哲夫は手を振る。

「薫ちゃんは旅行家だよ。ここがキッチン。いつか薫ちゃんも一緒に料理を作ろう。……こっちはお風呂場。もう一ヶ月半だから、お父さんが一緒にお風呂に浸かってくれるよ。……こっちは廊下だよ。あっちは玄関だよ。さあ、帰ろう。馴染み深いリビングだよ」

今日子は薫と共にふらふらと家の中を歩き回る。

「おかえり」

リビングで待っていた哲夫は言った。胸元を覗くと、薫はぐっすり眠っていた。

「授乳できなくても、抱っこ紐で対応できる」

名言を吐く口調で今日子が言った。

きっと今日子は、乳首をくわえさせなくなってから、乳首に替わるアイテムを探していたのだろう。胸で寝かせることができなくなって寂しい思いをしていて、抱っこ紐で眠ってくれたことを殊《こと》の外《ほか》嬉しく感じたのだろう。

でも、「父乳は抱っこ紐よりもずっと強力だ」と哲夫はやっぱり誇りたくなってしまう。

哲夫のBカップの胸は、今やユニクロの3XLサイズのブラトップで覆われている。シンプルなデザインで、色は黒なので、哲夫にとって着け易かった。授乳用の下着や衣服はたくさん売られていて、ネットショッピングで簡単に買えるが、そのほとんどがレースがひらひらと付いていたり、オーガニックコットンのふんわりしたデザインだったりして、哲夫の好みとは違い、また、哲夫の体型や雰囲気にも合いそうになかった。要は胸を出しやすいデザインなら授乳用を謳《うた》っていないブラジャーでもいいのではないか。そう考えて、授乳用にこだわらずにブラジャーを探し、ユニクロで見つけて購入したのだった。

授乳中でなくても、乳首が服と擦れて痛い、Tシャツを着たときに乳首が目立って困る、という太目体型の人が世の中には少なからずいる。病気によって胸が大きくなる人もいる。女性化乳房で悩んでいる人もいる。思春期に胸が大きくなった人ではなくても、ブラジャーを必要としている人はたくさんいるのだ。「メンズブラ」という商品だって今は売られている。だから、哲夫は自分の性別を理由にブラジャーを着けることに抵抗する気はなかった。そして、授乳パッドと呼ばれるものも購入し、ブラトップと肌の間に挟んで、乳首から滲み出してくる父乳を吸収させていた。

今日子が意気揚々と抱っこ紐を使った数日後、病院へ行くために哲夫も抱っこ紐を装着し、薫を体に密着させた。それまで泣いていた薫はすぐに泣き止んだ。

そうだよな、と哲夫は嬉しくなった。この間の薫は「母親の胸は良いものだ」と思って泣き止んだわけではない。「密着は良いものだ」という考えによるものだ。考えてみれば、今の薫は哲夫も今日子も一緒くたに認識している。誰でも良いのだ。薫は誰かにくっ付きたかったのだ。相手はお父さんだろうがお母さんだろうが誰でもいい。

タクシーの配車を頼み、哲夫はマザーズバッグを手に、薫を抱っこ紐で抱えて家を出た。

タクシーから降りてきた運転手は、五十代前半に見える哲夫とは違う性別の人だった。

「まあ、赤ちゃん。私、赤ちゃんって大好きなんですよ。お顔を見てもいいですか？……可愛いですねえ、男の子？」

と覗き込む。

「ありがとうございます。性別は本人が大きくなってから決めるんだ、って思っているんですが、今のところは女の子かなと思ってます」

哲夫は面倒くさい答え方をしたが、

「あら、可愛い女の子なのに、ごめんなさいねえ。……青い服を着ていたから、つい」

タクシーの運転手は面倒くさいところは割愛して耳に入れ、「女の子」という部分だけに反応して頭を下げてきた。赤ちゃんは性別によって体格や顔つきに特徴が出るということがないので判別できなくて当たり前なのだが、実際とは違う性別を推測した人は必ず親に謝ってくる。大人は性別に関係なく青い服やピンク色の服を着るが、赤ちゃんではあまり見かけない。大抵の赤ちゃんが性別イメージを大事にした格好をしている。それは、性別を誤解させる服を着させる親は子どもを大事にしていない、という空気が世間に漂っているからかもしれない。親も、「周囲を戸惑わせたら悪い」と考えてわかりやすくしてしまう。でも、哲夫はそれに抗うことにした。戸惑わせたっていいじゃないか。悪いことをしているわけじゃない。これからも性別に関係なく自由な色の服を着せよう。

哲夫は長い時間を家で過ごしており、他者とのコミュニケーションは、たとえ意に沿わぬ会話になっても、とにかく面白かった。

運転手がドアを開けてくれて、哲夫は薫の頭と背中を手で押さえながら屈み、後部座席の奥へ乗り込む。抱っこ紐をしているときに体勢を変えて子どもが落下する事故が多発している、という新聞記事を目にしたばかりなので、少し屈むだけで緊張する。

居住まいを正してから、病院名を伝える。

発車したタクシーの車窓から、街路樹や道行く人々を眺め、雑談をペラペラと喋り続けた。

「赤ちゃんがいるとなかなか外出できないから、外の世界が新鮮に見えます。コートを着ている人が全然いないし、もうすっかり暖かいですね。まだ僕は冬気分が抜けなくて、コート、着てきちゃいました」

哲夫は薫と一緒にベージュのトレンチコートをまとっている。このトレンチコートは三年前に購入して仕事へ行くときに着ていたのだが、今日子の妊娠がわかってから手を加えた。本当はパパコートを新しく買いたいと思っていた。しかし、インターネットショップでも、ベビー用品店でも、パパコートという商品は少なく、好みのものは見つけられなかった。対して、ママコートという名の商品は山ほどあった。抱っこ紐をしたまま着て、赤ちゃんの上まで覆えるタイプのコートのことだ。それを買って哲夫が着ればいいのかもしれないが、小太りの哲夫にはそれらのコートのサイズはきつそうだった。自作することに決め、ベージュの布と中綿とファスナーをユザワヤで購入し、トレンチコートにミシンで縫い付けて、「お直し」したのだった。

マザーズバッグも母親向けの商品だ。ママバッグとも呼ばれ、たくさんの商品が出回っている。容量が大きく、ポケットや仕切りが豊富で、おむつやおしり拭き、ストローマグなどが上手く収納できるバッグなのだが、ファザーズバッグやパパバッグで検索をかけても母親向けのものよりずっと種類が少ない。「母親向けのものを父親も使えばいい」という世界観なのだろう、と察するが、どうも屈辱を覚える。マザーズバッグでも体のサイズは関係ないが、大抵の商品のデザインがフェミニンで、哲夫の好みと違う。いや、たとえ好みのものがあったとしても、なぜマザーズバッグという名前のものを自分が使わなくてはならないのか、と反発したくなる。どうして父親を疎外するのか。もっと僕を子育て商品の対象にしてくれ。

病院に着き、タクシーの精算をして、産科へ向かう。注射を打ってもらい、そのあとに母乳外来へ行く。

いつもと同じ、黒髪をひっつめにして黒縁眼鏡をかけた助産師が担当だった。

「今のお悩みはどういうものですか？」

カルテと「親子手帳」を見ながら尋ねる。

「父乳の量を増やしたいんです」

哲夫は言った。持参した授乳ノートを見せ、今は夜間だけ父乳のあとで粉ミルクを足していて、昼間は父乳のみをあげていることも話した。授乳ノートは今日子が用意して書き始めたものだが、父乳をあげるようになってからは、哲夫が引き継いで書いている。

「そうですか。……夜中に粉ミルクや液体ミルクをたくさんあげているんですね。でも、夜間はむしろお乳の量が増える時間帯なんですよ。夕方に足りなくなることの方が多いんですけどねえ」

助産師は授乳ノートの数字を見ながら喋った。

「夜に、眠ってもらいたいのに大泣きして寝ないことがあるんです。粉ミルクをあげると落ち着いて眠るので、眠って欲しくてあげています。父乳じゃなかなか寝てくれないし、寝ても一、二時間ですぐ起きてしまうんです。粉ミルクをあげると、結構すぐに眠るし、三時間くらい寝たままです。やっぱり父乳が足りていないのかな、と」

「なるほど」

「全然父乳が出ていないわけではないと思うのですが、どの程度出ているのか自分ではわからないじゃないですか？　最近、よく泣くようになったので、足りていないのかも……と、どんどん不安になりまして」

哲夫は続けた。

「完母にしたいと思っていらっしゃる？　あ、いや、完父にしたいと思っていらっしゃる？」

助産師が尋ねる。完母というのは完全母乳の略語で、インターネットで散見される言葉だ。完ミという言葉もあって、こちらは完全ミルクの略だ。完母という言葉が含まれた文章には自慢の匂いが漂っていたり、すべての人が完母を目指すべきだという価値観が入っていたりすることもある。哲夫がインターネットで見た限りでは、母乳栄養を推進しようとしている助産師が多いようだったので、「完母にしたいと思っていらっしゃる?」とこちらの希望を尋ねられたことが意外だった。この助産師はこれまでも「焦らずに」などとフォローを入れてくるタイプではあったが、助産師である限りは「粉ミルクを止められるように頑張りましょう」というスタンスだろうと哲夫は勝手に思っていた。

「いや、そこまではっきり考えているわけでもないんですが。父乳を増やせるならそれに越したことはないですし、とにかく、『自分の今のやり方がこれでいいのかな』と毎日不安で」

哲夫は俯《うつむ》いて喋った。

「『これでいいのかな』? なんで、そう思われたんですか?」

助産師はさらに質問してくる。

「えっと、インターネットでいろいろな人の経験談を読んでいると、みんな、かなり悩んだり頑張ったりしているみたいだったので、自分ももっと努力した方がいいのではないか、これでいいのかな、と。それと、生まれたばかりの時は、母乳が出ないなら母親に努力を強いるのも悪いし粉ミルクでもいいか、とも思っていたんですが、いざ自分に父乳が出るようになってみると、授乳がすごく楽しいので、欲が出てきまして、もっと努力できるんじゃないか、もっと自分はやれるんじゃないか、と……」

哲夫はもごもご連ねた。

「それで、昼間は粉ミルクを止めてみたんですね？　医師や助産師のアドヴァイスがあったんじゃなくて、ご自身の判断で粉ミルクを減らしているところなんですね？」

粉ミルクを減らせば、お乳がもっと出るんじゃないか、と。でも、夜になかなか寝ないので、おなかがいっぱいになっているかどうか心配になった、と」

「そうです、そうです」

「体重が順調に増えていれば、まず問題ないんですよ。体重を量ってみましょうね」

「お願いします」

哲夫は立ち上がり、助産師に薫を渡した。

「わあ、すごく増えていますね。授乳メモにある粉ミルクの量だけではこんなに大きくはなりませんから、父乳はかなり出ていると思いますよ」

助産師は微笑んだ。

「そうですか」

「じゃあ、乳腺の通りを良くするマッサージをしますね」

「お願いします」

哲夫は服を脱いで横になった。哲夫のBカップの胸は、それなりの弾力を持つようになっている。母乳をあげている人の胸は、「張っている」状態になることがよくあるそうだ。「張っている」と赤ちゃんが飲みにくいため、マッサージをして乳腺の通りを良くする必要があるという。ただ、哲夫は平常の自分の胸の柔らかさを判断しかねるので、今の自分の胸が「張っている」のかどうかわからなかった。

しばらくマッサージしてもらうと、乳首の先から父乳がピューピューと噴水のように飛び出て、顔が濡れるほどになった。これまで、父乳の量について自覚がないままで、自分で乳首をつまんでみるときは数滴落ちてくる程度だったから、「わあ、こんなに出るものなのか」と嬉しくなった。

助産師が哲夫のところに薫を連れてくる。また助産師にフォームを直されながら授乳する。

左右の乳で五分ずつ与えたが、与え終わったあとも薫は泣き続けた。

「あれ？　やっぱり、足りないんですかね」

ピューピューと飛び出たのを目にしたばかりだったので、がっくりすると、

「この泣き方のときはおなかが減っているんじゃないのかもしれませんね。眠くてむずかっているだけなのかな。赤ちゃんは、眠り方がまだよくわかっていないから、眠気を感じているのにうまく入眠できなくて、『眠いよー』って泣いちゃうときが結構

あるんですよ。眠いなら寝ればいいんですけどねえ、それができないのねえ。赤ちゃんの泣き声って、よく聞くとそのときそのときで違っていて、空腹時の泣き声、眠いときの泣き声、排泄の泣き声、痛みに対する泣き声、いろいろあるんですよ」

助産師が薫の顔をじっと見る。育てているうちにスキルが上がり、数ヶ月すると赤ちゃんが泣いている理由がわかってくる、と育児書に書いてあったが、哲夫にはまだすべて同じ泣き方に聞こえていた。

「僕にも、わかるようになりますかねえ」

「長く赤ちゃんといれば、だんだんとコミュニケーションが取れるようになっていくかもしれませんね。でもね、言葉を発しない赤ちゃんと完璧なコミュニケーションを取るなんて誰にもできません。私はこの道三十年だけど、私だって、赤ちゃんの求めるものを完璧にわかることはできないです。わからないままでも、抱いて様子を見ているのなら、十分ですよ。抱いていれば、異常があれば気がつくでしょう？　さて、お乳は十分に出ていますね。これからは、むしろ乳腺炎に気をつけて、授乳後にきちんと胸の中が空になるようにした方がいいです。軽くなっているの、わかりますか？」

そう言われて乳を触ると、確かに授乳前よりも柔らかくて軽い感じがする。これまでは気がついていなかった。そもそも、自分の胸を触るという行為を、生まれてこの方してこなかった。

「これから、気をつけてみます」

「ミルクはもっと減らしても大丈夫だと思います。でも、いきなりゼロにすると『なんでくれないの？』と赤ちゃんがびっくりするかもしれませんから、一日三回、一回六十ミリリットルを上限にあげてみましょう。あげるときは、いきなりミルクではなく、お乳をあげたあとに足してください。先にミルクをあげると、お乳を飲んでくれなくなりますから。そして、お乳は長時間あげないでいると、脳に『作らなくていい』という指令が出て、止まってしまいますから」

「はい。でも、僕が出かけるときはどうしたらいいでしょうか？　パートナーにミルクだけをあげてもらってもいいですか？　それとも、搾乳してあげた方がいいですか？」

哲夫は質問した。搾乳というのは、自分で乳を搾り出し、冷蔵あるいは冷凍して保存することだ。手で搾ったり、搾乳器で搾ったり、いろいろな方法がある。出かける予定があるわけではないが、そのうち、今日子に任せて出かける日も来るだろう。

「搾乳はお胸に負担をかけるので、うちの病院ではあまりお勧めしていないんですよ。赤ちゃんに吸ってもらう方が、乳腺が詰まらなくていいんです。出かける直前にあげて、三時間以内に帰ってきてまたあげることをお勧めしています。長時間お乳をあげないでいるとお胸が張ってしまいますしね。でも、どうしても長時間出かけなくちゃいけない、っていう日もありますよね。そんなときはご自身の判断でミルクだけでもいいかもしれませんし、搾乳を考えてもいいかもしれませんね」

助産師が薫を抱きながら体を揺らしていると、薫は眠ってしまった。

「わかりました」

哲夫は服を整えて立ち上がった。

会計を済ませたあと、配車を頼み、また薫を抱っこ紐で体に密着させて帰った。

以後、母乳外来で言われた通りにミルクを日に三回足していたのだが、薫はミルクを飲んだあとにたらりと吐くようになった。飲み過ぎではないか、と哲夫は考えた。顔の湿疹が点々と増えたり飲んだあとにしばらく泣き続けたりするのも、ミルク過多なのではないか。授乳マッサージで乳腺の通りが良くなったのか、前より胸が大きくなった気もする。それで、ミルクは完全に止めることにした。

日を追うごとに不安がなくなり、慣れた手つきで授乳を繰り返すようになった。夜間の頻回授乳も、そういうものだと受け入れることにしたら、二時間ごとに目を覚まされても焦らなくなった。それに、授乳は粉ミルクを作るよりもずっと楽だった。

夜中、薫が泣き出し、哲夫はベビーベッドから抱き上げ、布団の上であぐらをかく。

「板についてきたね」

隣で今日子もうっすらと目を開ける。

「夕方さあ、風呂でさあ……」

ふと、哲夫は風呂場での出来事を思い出し、話し始めた。

赤ちゃんは一ヶ月になったら大人と一緒に風呂に入れていい、と助産師から言われた。薫も、もうベビーバスは止め、哲夫と一緒に浴槽で湯に浸かるようになった。哲夫が洗い場で自分の体を洗い、浴槽に入ったら今日子を呼ぶ。今日子が薫を裸にさせて連れてくる。哲夫は薫と共にしばらく湯で温まり、そのあと洗い場に出て薫の体を洗い、また今日子を呼ぶ。今日子は薫を受け取って部屋に戻り、薫の体を拭いて保湿クリームを塗り、服を着せたあとに耳や鼻の掃除をする。

「うん」

今日子は相槌を打つ。

「目が合ったんだよ。こっちの顔を見てんだよ。湯に浸かっているとき、薫ちゃんは、いい顔をするんだよ」

薫は温かいのが好きらしく、とてもリラックスした表情を浮かべる。新生児のときは閉じてばかりだったが、ぱっちり目を開けて人間らしい顔つきをするようになり、最近は視線を人に向ける。

「何かしたの？」

今日子は尋ねた。

「え？　顔を撫でたり、くすぐったりはしたけど」

赤ちゃんとはいえ入浴を必要以上に楽しむのは性的虐待じみていると今日子に捉えられただろうか、と不安になった。でも、

「あ、そう。薫ちゃんが風呂好きなら、いつか風呂場を改修したいね」

今日子はそこまで気にしたわけではないみたいだ。

結婚を決めたとき、当初は新築高層マンションを探していたのに、不動産屋のサイトでたまたま見つけたこの小さな中古低層マンションの一階の部屋を購入することに気持ちが傾いたのは、日当たりの良い庭の写真が付いていたからだった。

寝室からもリビングからもキッチンからも美しい庭が見える。それが、自分たちの生活を明るくしてくれそうに思えた。屋内の設備は古く、使い勝手が悪そうなところがそこかしこにあった。急いでいたのでリフォームせずにそのまま住み始めたが、「子どもが生まれた場合は、少しずつ改築していきたいね」と話し合っていた。

「そうだね。薫ちゃんはこれからもっと大きくなって、湯船で遊ぶだろうし、もうちょっと広いといいね」

哲夫は頷いた。

「あとさ、薫ちゃんが歩くようになったら、柱にしるしを付けようね」

今日子は続ける。

「背を測るんだね。『柱のきずは、おととしの – 』ってやつな」

哲夫は『背くらべ』を歌った。

「あれって、去年は祝うの忘れたのかね」

「しるしを付けるの楽しみだなあ。少しずつ部屋が変わっていくのを、薫ちゃんも楽しむだろう。それを、今日子ちゃんと僕で見つめていきたいね」

「逆じゃないの？　薫ちゃんの成長を部屋が見つめているんでしょう？　なんかさあ、建物が主人公のような小説ってあるじゃない？」

「建物？」

「あるでしょ？　それみたいにさ、部屋が主人公って気分で過ごしたら、私たちは楽になるんじゃない？」

「なんでさ。主人公は薫ちゃんだよ」

「薫ちゃんに主人公を押しつけるのはかわいそうなような……。どうも、そんな気がしてきたんだよ。だって、私は自分が主人公になるのは苦手なんだよ。自分は主人公になりたくない。それなのに、子どもは主人公にしたい、なんて。自分が苦手なことを、子どもにやらせるのってなんだかさあ……」

今日子は小さな声で言った。

「薫ちゃんは主人公になるの好きかもしれないし、そんなに深く考えなくてもいいんじゃない？　僕や今日子ちゃんの物語を引き継がせるんじゃなくって、薫ちゃん自身の新しい物語を生きてもらうんだから、いいと思うな。自分たちの代わりをやらせたいわけじゃないからさあ」

哲夫は右の乳首を外して、薫の向きを変え、今度は左の乳首をくわえさせた。薫は再びごきゅごきゅと音を立てて飲む。生まれたての頃のこきゅこきゅという頼りない感じがなくなってきて、力強い飲み方になっている。

「そうかなあ？」

今日子は首を傾げる。

「とにかく、僕たちは、ただ薫ちゃんの人生を縁取って、薫ちゃんの成長を楽しみに生きていこう」

哲夫は薫の頬をそっと撫でた。


初夏の午後、哲夫は「買い物に行きたい」と言って、今日子に薫を任せてひとりで外出した。

隣駅にあるデパートへ出かけ、今日子への誕生日プレゼントを選んだ。

楽しかった。ひとりというのは、とても身軽だ。エスカレーターでデパートの中を上下するだけでわくわくする。哲夫は特に買い物好きではないのだが、やはり家の中ばかりで過ごしていると、自分でも気がつかないうちに鬱屈していたのかもしれない。名刺入れをプレゼントすることにした。軽くて薄い、シンプルな黒い名刺入れだ。

「誕生日おめでとう。今日子ちゃんが稼いでくれるおかげで、僕と薫ちゃんは元気に過ごせているよ。ありがとう」

家に帰って手渡すと、今日子はとても喜んでくれた。

「これからも、よろしく。仕事も頑張るね。育児も頑張る。みんなで楽しく生きていこう。さあ、明日も早いぞ」

今日子は早速新しい名刺入れに名刺を移した。

毎朝五時に今日子は起きて出社する。

これまでも、今日子は残業を削るように頑張ってはいた。社会の風潮が残業に厳しくなってきて、会社も時間外労働をさせないように目を光らせている。月に八十時間以上の時間外労働をするとカウンセリングを受けなければならなくなって面倒らしく、また、上司が人事部から注意を受けるので迷惑をかけたくないということで、仕事好きの今日子だったが勤務時間内に業務を終わらせようとしていた。夜の会合よりランチミーティングの多い仕事のようで、酒を飲むようなこともあまりなく、日付をまたいで帰ってくることは妊娠前でもなかった。でも、今回はさらに気合を入れて「これからは薫ちゃんのために毎日五時に退社する」と宣言した。そのために、朝に仕事をこなそうと、早めに会社へ行くことにしたみたいだ。そして、夕方六時には家へ帰ってくる。母乳をあげることはなくなったが、おむつを替えたり、風呂に入れたり、夜にできる育児はたくさんある。そして、哲夫が授乳に集中できるよう、休日には、食事の作り置きや、掃除などを率先して済ませておいてくれる。会社へ行き始めてからの方がメリハリがついて、家事をてきぱきこなしてくれるようになった。家では仕事をしないと決めたみたいだ。平日夜や土日祝日は、育児か家事しかしない。今は、睡眠か父乳を飲むか、といった生活の薫だが、急速に成長している。これから、離乳食を作ったり遊んであげたり、今日子のやることはどんどん増えていくだろう。

薫は三ヶ月になり、吸う力が強くなって、父乳の飲み方が上手くなった。乳首を近づけると、すぐに口を大きく開ける。

哲夫は入浴中に自分の胸を揉んでみた。すると、あとからあとから白い液体が湧いてきた。自分の脳が必要性を感じ取って胸を膨らませているのが、ひしひしとわかる。

授乳をしている最中に、哲夫が動いて薫の口から乳首が外れ、乳首からピューッとまるで素麺《そうめん》のように乳が弧を描いたこともあった。薫の顔が乳でびしょびしょになった。

薫は泣く時間が減った。そして、しょっちゅう目が合う。だが遠くのものは見えていないみたいだ。これぐらいの月齢の赤ちゃんは、まだぼんやりした世界で生きている。でも、こちらが近寄って、じっと見つめると、見つめ返してくる。オモチャを振ると、視線を向ける。目に光が宿ったと感じられる。

それで、ちょくちょく掃除ができるようになった。新生児の頃は「いつ死ぬか」と心配でたまらず、家事がまったくはかどらなかったのだが、顔つきから簡単には死なない雰囲気が出てきた。隙を見て掃いたり拭いたりする。少ししたらベビーベッドを覗き、息をしているのを確認して、また掃除に戻る。

顔は産毛が減って眉毛が生え、動物らしさが失せて人間らしい魅力に富み始めた。しかし、湿疹が増えた。最初はぽつんとひとつ出ただけだったのだが、それがだんだんと頬全体に広がった。乳児湿疹と呼ばれるもので、多くの赤ちゃんに出るらしい。

「本当は可愛いのに、ぶつぶつが出ちゃって、かわいそうだよね。薫ちゃんは主人公で、『見られる側』なのにねえ」

哲夫は薫の顔をじっと見る。

「『本当は可愛い』……？」

今日子が訝《いぶか》しむ。

「だって、薫ちゃんの本来の顔は、ぶつぶつのない顔でしょう？　つるつるの顔でいたら、みんなから、『可愛いね』『可愛いね』って言われるじゃない」

哲夫はせっせと保湿剤を塗った。

「でも、ぶつぶつがあったって薫ちゃんは薫ちゃんだよ。かゆいとかわいそうだから治った方がいいけれど、『本来の顔とは違う』って考えるのは、なんか、納得いかない。この顔だって本来の顔だよ。この顔だって可愛いし、主人公感がないとは思わない」

今日子は哲夫から薫を抱き取った。

「うーん。……あのさ、えーと、僕はまったくそう思わないんだけど、世間では、薫ちゃんって『見られる側』の性別だと思われがちだよね？　薫ちゃん本人もそういう価値観を持つかもしれないよね？　そうしたら、ぶつぶつがない方が生きやすいんじゃない？」

「『見られる側』なんて、そんな言葉、失礼だよ。私だったら、嫌だよ。薫ちゃんだって嫌に決まっている」

「そりゃ、今日子ちゃんみたいな例外の人もいるけどさ、薫ちゃんも例外かどうかわからない。『見られる側』って思われがちな性別の人から、『子どもが生まれたら〝見る側〟に回らざるを得なくなって寂しい』って話も聞くよね。ずっと『見られる側』

でいたいのに、年を取ると新たに生まれた若い人が『見られる側』になるから、交代して自分が『見る側』に変わらなくちゃならなくて悲しい、って。誰からも『可愛い』って言ってもらえなくなった、とか。ほら、白雪姫の母親とかさ」

両手の指をくるくる動かして「交代」の表現をしながら、哲夫が言った。

「そうかなあ？　自分が例外とは思えない。人はみんな、生まれた瞬間から、『見る側』になりたいんじゃないかな。見る方が絶対に面白いんだから。『見られる側』に回るのは、周囲の空気を読んでいるだけなんじゃないかなあ。白雪姫の母親も性差別的な教育を受けた被害者かもしれないよ。自発的に『見られるだけの人生』を望むとなんてある？　哲夫だってさあ、結婚式で白いタキシード着るの、本当は私に押し付けられたから嫌々やっているところはなかった？　哲夫は、真に『見られる側』になりたかったわけじゃないんじゃない？　私の空気を読んで、見られる役をやってくれたんでしょ？」

今日子は薫の顔をまじまじと見る。薫は気持ち良さそうに寝息を立てている。

「うーん……」

哲夫はタンポポ茶を淹れるためにキッチンに立った。自発的に白を選んだつもりだったが、そう言われると、今日子に押し付けられた気もする。相手が今日子でなければ白を選ばなかっただろう。

「人は、やっぱり、見たいよね。いや、目が見えない人だっているし、視力で見るってことだけじゃなくてさ。自分の側から世界を受け止めたい、っていうか」

今日子は薫の髪をそっと撫でる。

「まあ、そうかもね。薫ちゃんだって、『可愛いね』『可愛いね』って言われるのが好きになったとしても、それだけじゃなくて、『自分は世界をどう捉えるのか？』っていう生き方もきっとしたいよね」

哲夫はついでに今日子のために紅茶を淹れてあげた。

「そう考えていくとさ、その延長線上に『哲夫も働いて自分の人生を生きる必要がある』っていうのが出てこない？」

今日子は紅茶を受け取った。

「え？」

「哲夫が主体的に社会に関わるのも大事だよね。結婚式のとき、私が哲夫を『見られる側』に押しやってしまったのは悪かった。容姿だけでなく、哲夫の生き方や仕事や趣味も披露する式にすべきだった。ごめんね。哲夫も、世界を見たり、社会をどう捉えるか考えたり、自分の人生を生きたいよね。結婚式のときは『見られる側』になるように、薫ちゃんが生まれたら薫ちゃんを『見る側』になるように、私が哲夫を押し込めようとしちゃっていたかも。本当にごめん。これからは、哲夫の人生を見つけないとね。これからの時代は、やりたいことをいくつでもできる時代だものね」

「……夢を見ているのが蝶々なのか自分なのかわからなくなる、っていう故事があるよね？」

哲夫はタンポポ茶をこくりと飲んだ。

「ああ、昔の中国の。『胡蝶の夢』っていう話だよね。うたた寝をして、夢の中で蝶になって、自分が人間であることを忘れて飛んで遊んで、目が覚めたら、自分が夢を見て蝶になったのか、蝶が夢を見て自分になったのか、どっちなのかわからなくなった、っていう」

今日子は目を瞑《つぶ》って『胡蝶の夢』の話を思い出す。

「あれみたいに、自分が薫ちゃんを見て楽しんでいるのか、自分を誰かが見て楽しんでいるのか、よくわからなくなるときがある。薫ちゃんと僕の二人だけで、平日の午後二時に、窓からの柔らかい日差しを浴びているときなんかに」

哲夫は目を閉じた。

「ああ、そうなのかもしれない。誰が楽しんでいるのかなんて、どうでもいいのかもしれない。楽しい出来事が起こっているのなら、それだけでいい。主体なんてどうでもいいのかもしれないね」

今日子は紅茶茶碗を空にした。

「そうだね……。ただ、薫ちゃんは日に日に僕と距離を取るようになるよね。薫ちゃんはすぐに大きくなって、自分でいろいろなことを考えて、自分で世界を受け取り始める。僕も、ずっと薫ちゃんといられるわけじゃないんだな。こんなにべったりしていられる夢のような時間はあっという間に終わるんだろう。やがて僕は、仕事なり趣味なりで、自分の人生を生きなければならなくなるんだろうな」

哲夫はタンポポ茶の湯気のゆくえを見送った。

地球は公転を続け、夏になり、そして秋になる。薫は八ヶ月になった。顔つきも体つきもどんどんしっかりしてきて、笑顔を見せ、寝返りを打ち、つかまり立ちをする。離乳食もどんどん進み、朝と昼に子ども用茶碗一杯ずつくらいの量を食べるようになった。哲夫も今日子も何も変わらないが、薫はどんどん変わっていく。

哲夫は変わらずに授乳を続けた。だが、薫の吸い付きが悪くなってきた。

薫が泣くので、急いでシャツのボタンを外し、乳首をくわえさせる。薫はちょっと吸ったあと、パッと口を離し、再び泣く。

「どうしたの？　薫ちゃん、お父さんのおっぱいだよー」

哲夫は薫の向きを変えて抱っこし直し、反対側の乳首を出す。薫は再び一所懸命に吸い付く。しかし、しばらくすると、やはり泣く。

父乳の量が減ってきたのかもしれない、と気がついた。

そういえば、少し前から胸が張っている感じがなくなってきた。

頻回授乳を心がけ、何度も薫に乳首をくわえさせている。しかし、もう乳首をつまんでも父乳が弧を描かない。わずかに滲むだけだ。

薫は離乳食やミルクを欲しがる。父親の胸に対する、あの大きな欲望を失いつつある。

涙が出てきた。あまりにも寂しい。終わりにしたくなかった。

母乳外来に電話をかけて相談した。

「そうですね、出なくなってきたのかもしれませんね。卒乳という選択肢もありますが、どうしますか？　離乳食が順調に進んでいるようですし、問題ないと思います。まだどうしてもお乳をあげたいということでしたら、もっと強い薬を先生に処方してもらうという手もありますが……」

と助産師に言われた。

「もうひとりの親に聞いてみます」

哲夫は選択肢を今日子と分かち合うことにした。

「今日子ちゃん、話があるんだけど」

玄関にいる今日子に向かって言った。薫はベビーベッドで寝ており、哲夫は両膝を揃えて緑色のソファに腰掛け、少し前から今日子の帰りを待っていた。

「どうしたの？　改まって」

今日子は手を洗って洗面所から出てきて、リビングで哲夫が深刻な顔をしているのを見て首を傾げた。

「実は、父乳が止まってしまったんだ。助産師さんに相談したら、『卒乳という選択肢もあるけれど、授乳を続けたかったら、もっと強い薬を処方してもらうのも手だ』って」

哲夫は目を伏せた。

「そうか。じゃあ、これからは離乳食とミルクをあげよう」

ジャケットを脱ぎながら、あっさりと今日子は言った。

「そしたら、僕が育児をする意味がなくなっちゃうじゃないか」

「え？　なんで？」

「だって、体の機能的に育児に向いているから、僕が育児担当になったんじゃないか」

哲夫は右足を折り曲げてソファの上に載せ、両手で抱える。

「え？　いやいや、違うよ。育児は私も担当してるよ、仕事しながらだけど。でも、多くの親が仕事しながら育児しているし、仕事しているから担当じゃないってことないと思うけども。現代は、誰もが仕事も育児もできる時代だよ」

今日子は肩をすくめ、哲夫の隣に腰掛けた。

「でも、今は僕がメインじゃんか」

哲夫は顎を自分の膝に付ける。

「メインって……。まあ、そうなんだけれど、がっかりだな。私のこと、稼いでくる奴って捉えていただけで、育児しているとは思ってくれていなかったんだね。……まあ、それはともかく、父乳の件だけれども。たとえ強い薬で授乳を継続したって、いつかは断乳か卒乳かしなくちゃいけないんだよ。十歳までおっぱい飲んでる子はいないんだから。永遠にできることじゃないんだったら、卒業が今だっていいじゃないか。離乳食も順調に進んでいるし。『離乳食は最初の自立』っていう言葉があるらしいよ。寂しいけれども、親は子どもを信用するしかない」

今日子はジャケットをハンガーに掛けながら話す。

「え？　信用？」

哲夫が顔を上げていぶかしむと、

「薫ちゃんもそのうち、自分で金を稼ぎ、自分で料理して、食べるようになる。それを信じて、完璧に自立するまでのグラデーションを、私たちも楽しむだけだ」

さばさばと今日子は言った。

「……僕は、もっと治療を頑張りたいけど」

哲夫は言ってみたが、

「もう八ヶ月だし、来月からは朝、昼、晩の三回食にするし、離乳食とフォローアップミルクでやっていってもいいんじゃないか、と私は思う」

今日子は主張した。フォローアップミルクというのは、赤ちゃんが九ヶ月頃から飲める、栄養補給のためのミルクだ。

そのとき、寝室のベビーベッドで寝ていた薫が、うわああん、うわああん、と泣き出した。

「……粉ミルクをあげようか？」

哲夫はソファの割れ目に指を差し込みながら呟いた。

「うん。私が作ろうか？」

今日子が腰を浮かそうとするのを制して、

「いや、僕が作るよ」

哲夫は立ち上がった。

キッチンへ移動し、ウォーターサーバーから小鍋に湯を注ぐ。火にかけて沸かす。スプーンで粉をすり切り十杯計って哺乳瓶に入れる。沸騰した湯を哺乳瓶の二百の目盛りまで注ぎ入れ、哺乳瓶をくるくる揺らして粉を溶かす。ボウルに氷を落とし、水を注ぎ、その中に哺乳瓶を浸ける。しばらく待ってから電子温度計で温度を計り、哺乳瓶を逆さにして自分の腕の内側にひと垂らしする。熱すぎないことを確認してから、哺乳瓶を持って寝室へ行く。薫をベビーベッドから抱き取って、畳の上にあぐらをかいて抱っこする。

「良かったね、薫ちゃん。お父さんが粉ミルクを作ってくれた。粉ミルクは、父乳よりもずっと、作るのが大変なんだ。お父さんも大変だけど、粉ミルクを開発した人たちや、精製している人たちも大変だったんだよ」

今日子も寝室に入ってきて、立ったまま薫に話しかけた。

「でも、メインで作ったのは僕だよ」

哲夫は言ってみた。

「薫ちゃんは世界の子どもだよ。世界中の人が薫ちゃんが生きていることを喜んでいるんだよ」

今日子は畳の上にあぐらをかいた。

「いっぱい飲んだなあ、偉いぞう。さあ、あと少しだ」

哲夫はさらに哺乳瓶を傾ける。

「偉いねえ、薫ちゃん。わかるよ、薫ちゃんの気持ち」

今日子がにこにこと話しかける。

「え？　気持ちがわかるの？」

「おなかいっぱいだなあ、でしょう」

「なんだ。そりゃあ、そうだろ」

「お父さんの粉ミルク、おいしかったね」

「うーん、粉ミルクは、父親が授乳するためのものだったのかなあ。人間が社会を発展させて作った、様々な人が親になれる方法だったのかもなあ」

かぽっと、哲夫は薫の口から空になった哺乳瓶を外した。

「あのさ、父乳は、続けてもいいし、止めてもいいよ。哲夫が決めるのがいいよ。哲夫の気持ちも大事だからね」

今日子は遠くを見ている。

「うん」

哲夫は頷いた。

「どっちにしても、私はこれまで通り、育児を頑張るよ」

今日子は小さな声で言う。

「……父乳は、もう止めよう。そうして、僕も、これからも育児を頑張る」

哲夫は哺乳瓶を持って立ち上がった。

十日ほど経つと、滲みもしなくなった。乳房を揉んでも、乳首をつまんでも、からからだ。

夜中に、リビングルームのちゃぶ台に突っ伏して、声を殺して哲夫が泣いていると、静かに引き戸を開けて今日子がやってきた。

「あのさ、これまではさ、哲夫が父乳が出るようになってすごく喜んでいたから、言いづらかったんだけど……」

今日子は言い淀んだ。

「言っていいよ」

哲夫は促した。

「授乳は、育児のメインじゃないよ」

今日子が低い声で言い放った。

「だったら、僕も言いたいよ。今日子ちゃんは妊娠中に浮かれていたから、言いづらかったんだけど……」

哲夫は涙を拭いて、起き上がった。

「浮かれていた？」

今日子が聞き返した。

「いや、だって、調子に乗ってたじゃん。『このつらさは妊娠者にしかわからない』だとか、『体が重い』だとか、自慢げにいろいろ言ってたじゃん」

哲夫は言い募った。

「調子に乗ってたんじゃない。本当に、つらかったんだ」

今日子は憮然とする。

「今思えば、本当にそうだ。ごめん。僕は、自分にはできないことを今日子ちゃんがやれているのが、うらやましくて、うらやましくて、うらやましくて……、つい、調子に乗っていると思ってしまった。だって、僕だっておなかで薫ちゃんを育てたかった。本当にごめん。今日子ちゃんが妊娠して、どんどんおなかが大きくなっていくのを見て、僕には作ることのできない繋がりを、今日子ちゃんと薫ちゃんが紡いでいるように感じてしまった。僕には入れない親子関係が、今日子ちゃんと薫ちゃんの間にできてしまったように思えた」

「入れるよ」

「そうだよね、ごめん。今の『浮かれていた』は失言だ」

哲夫は頭を下げた。

「うん。それで？　言っていいよ」

今日子は手を動かして、言葉を促す。

「やっぱり、妊娠出産も育児のメインじゃないよ。妊娠出産なんて、育児の端っこだよ。妊娠出産をしていない人だって、里親制度とか特別養子縁組とか、いろいろな形で、親になってるじゃないか。妊娠出産をしていない人だって、立派な親になれるんだ。だったら、母親じゃなくて、父親だって、立派な親になれるんだ」

哲夫は力を込めて喋った。

「そりゃあ、そうだよ」

今日子はあっさり頷いた。

「そ、そうだよね」

哲夫も頷いた。

「とりあえず十八歳までと考えても、育児はあと十七年以上ある。あるいは、三十歳成人説なんかを信じるとしたら、二十九年以上あるかもしれない。出産も授乳も、育児の中のほんの少しの割合しか占めない。育児っていうのは、出産や授乳とは関係ないことの方がずっと多いんだ。私だって、親になるのは初めてだからこれから何があるのかはわからないけれど、この先にもっと大変なことがたくさんあるに違いない。出産や授乳にいつまでもこだわっていられないよ。出産のことも授乳のこともきれいさっぱり忘れて、これからのことだけを考えた方がいいくらいだよ」

今日子は手を前後にサッサッサと動かして、出産や授乳を払い退《の》けた。

「出産や授乳で絆を作ろうなんて、そんな甘いことを考えちゃだめだったね。他のことで絆を……、いや、絆なんていらないんだ。毎日おむつを替えて、一緒に出かけて、周りに挨拶しようとして、うまく挨拶できなくて一緒に泣いて、転んで怪我して、起き上がるのを待って、病気になって、病院に付き添って、人間関係でつまずいて、学校休んで、失敗したところに寄り添って、みんなに置いていかれても信じて、待って、じっくり話を聞いて、なんとなく親になっていくのかもしれない」

哲夫がとつとつと喋っているところに、

「うわあああん、うわあああん」

薫が泣き出した。泣き方も成長していて、もう泣き声が言葉のようにはっきりしている。

「あ、僕が粉ミルク作るから、今日子ちゃん、あやしてくれる？」

哲夫はキッチンに立ち、慣れた手つきで粉ミルクを作った。その間、今日子は薫を抱っこして揺らしていた。

哺乳瓶を持って哲夫が戻ってくると、

「哲夫があげる？」

今日子は薫を哲夫に抱き取らせてくれた。

「ミルクだよ」

哲夫が薫の前に哺乳瓶を持ってくると、薫は哺乳瓶をつかみながら飲み始めた。

「一所懸命に飲んでいるのを、横で見ているのは面白いね」

今日子は立ったまま眺めていた。

「本当だね」

哲夫は頷く。静かな時間が過ぎていく。哺乳瓶を傾け、最後のひと雫まで飲ませる。それを見届けて、

「妊娠や出産や授乳が親子を作るんじゃない。日々が親子を作るんだ」

今日子が腰に手を当てて言い放った。

「ごっごっご」

薫がにこにこしながら喋った。この頃、薫は泣き声とは違う声で、喋りかけてくるようになった。

「ごっごっご」

今日子が薫の真似をする。

「頬が光っている」

哲夫は薫の顔にそっと触れた。薫の頬はぷっくりと尖った形をしていて、ミルクで濡れたそれは蛍光灯を受けて輝いていた。

ふと、哲夫は、「父乳をあげている間は、『夢が叶った』と思えていなかったな」と

気がついた。

哲夫は、父乳が止まってやっと「夢が叶った」という気持ちが湧いた。

空の哺乳瓶を眺めながら「僕はお父さんになっていく」と考える。血が繋がっているからでもないし、生まれた瞬間に一緒にいたからでもない。授乳したからでもないし、ごはんを作るからでもない。毎日毎日、悩んでいるから、親になっていく。

笑顔と筋肉ロボット

笹部《ささべ》紬《つむぎ》には筋肉があまりなかった。いや、筋肉量を量ったことはないのだ。でも、幼年期に、

「紬ちゃんは小柄だね。親も小柄だし、きっと大人になっても小柄だろうね。筋肉があまり付かないんだ。でも、大丈夫なんだよ。重いものを持たなくてもいい。笑顔が代わりになる」

と親から言われたことがある。

「そうか」

紬はにっこりしてみた。自分には筋肉があまりない。大人になってもたくさんの筋肉は得られない。自分には決してなれない力持ちが、この世にはたくさんいるという。その人たちを尊敬して生きていくしかないらしい。尊敬なんてしたくないが、尊敬して笑顔を見せるのが道だと説かれたら、とりあえず笑ってしまう。

「挨拶と笑顔を大事にするんだ。優しくて明るい大人になりなさい。重いものを持ってくれる人がきっと現れるよ」

親は紬の頭を撫でた。

「そうなのか」

紬は頷いた。「たすけあい」という言葉を知っていた。自分にできないことは誰かにしてもらえばいい。逆に、自分ができることを誰かにしてあげる。あるいは、助け合えない場合でも、お礼さえキチッとすれば良い、ということのようだ。誰にだって、不得意なことがある。病気だったり、体に特徴があったりして、助けてもらうことがどうしても多くなる場合だってある。

「『こんにちは』を言えて、『ありがとう』と頭を下げられて、笑顔がかわいければ、みんなの中に入れてもらえるからね。怖い声で喋っちゃだめだよ、柔らかい声でお話しするんだよ。最初は顔が強張ったり声が変だったりしても、努力すれば、笑顔や声は良くなっていくからね」

親は続けた。

そうか、力が弱い子は、挨拶を練習して、お礼を言えるようになり、かわいく笑えるようになり、優しい雰囲気を身につけ、周囲を明るくすることができるようになるために、努力しなければいけないのか。ああ、大変だ。力が弱い子は、つらい。

力持ちはいいなあ。力持ちだったら、不器用で挨拶やお礼が上手く言えなくても、表情が硬くても、厳しい雰囲気でも、暗い性格でも、生きていけるに違いない。

紬の家のリビングには、親が考えた「五大挨拶」が書かれた紙が、店舗のバックヤードにある接客用語練習用の掲示物のように貼られていた。朝の支度が済んで、幼稚園に行く前に、親がペンでひとつひとつ指し示すので、それに沿って、

「ありがとう、ごめんなさい、おはよう、こんにちは、さようなら」

と紬は読み上げた。ふざけて怒鳴るとたしなめられ、

「優しく言ってごらん。そうしたら、みんなからかわいがってもらえるんだ。怒鳴ったらだめだよ。やさしーく、やさしーく。はい、もう一回言ってみよう」

とやり直しになった。

「ありがとう、ごめんなさい、おはよう、こんにちは、さようなら」

紬は仕方なく優しい声を出した。

「ただ言うだけじゃだめだよ。相手の目を見て、にっこり笑って、頭を下げる」

そうやって、何度も練習した。

「でもさ、『ありがとう』ってどういう意味なんだろう?」

紬は首を傾げた。

「意味はわかんなくてもいいんだよ。まず、形を覚える。繰り返していくうちに体に馴染む。紬ちゃんの性別は、頭で考えるより、体で感じた方がいい」

親は、とにかく形をなぞるように指導した。

愛嬌愛嬌愛嬌、という呪いをふりかけのようにさらさらとかけられ、紬は白いごは

んのようになってそれを受け止めた。重い荷物は他の人に持ってもらおう。持つ技術じゃなくって、持ってもらえる技術を磨くんだ、という呪いにかかった。

五歳の頃から始めた挨拶と笑顔の練習は実を結んだ。

確かに、挨拶は素晴らしかった。言っていると、自分も気分が良くなった。笑顔を作るのも楽しかった。挨拶と笑顔は魔法のようで、その魔法を使えば、みんなに溶け込めた。

筋力は、表情筋だけ鍛えた。体は、しなやかになるように心がけた。小学生の間は、バレエ教室に通った。

紬は愛嬌を振り撒いた。

「紬ちゃんの性別は、かわいがられることがとても大事だよ。生きやすくなるからね。挨拶と笑顔が大事だよ。紬ちゃんの顔立ちはあんまり美人ではないけれど、笑顔がかわいければいいんだよ。みんな大概、つんとした美人より、かわいげのある不美人の方を好きになるんだから。とにかく笑顔、困ったら笑顔、いいね。挨拶と笑顔が上手くなれなかったら、生きていけないよ」

親はアドヴァイスを続けた。

高校では、体育祭や文化祭の準備での力仕事は、紬とは性別の違う人たちが行った。

確かに、性別というもので見ると、大柄な人が多い性別と、小柄な人が多い性別があるようだ。だが、性差より個人差の方が大きい。個別に見れば、その枠に入らない人もかなりいた。紬は小柄な大人になりつつあるが、紬と同じ性別で、大柄で力持ちの友人メグがいる。紬とは違う性別で、痩せていて、運動が苦手で、物を持つのが大嫌いな友人サトルもいた。

文化祭の準備で、メグが木材を持とうとすると、

「いいよ、いいよ、他の簡単な仕事をやっていて」

と善良な生徒に木材を運ばれてしまう。

一方、サトルが袋を縫うような手芸をしていると、

「サトルだって、こっちの仕事できるだろー、これ一緒に運ぼうよー」

と、やはり善良な生徒から声をかけられた。

紬の高校は、どの性別でも入れる高校だが、同じ性別の人しか入れない学校もある。そういう高校では、力仕事も細かい手作業も、性別に関係なくみんなでこなしているはずだ。だから、性別が違うからといって、文化祭のようなイベントの中に、できないことなんてそうはないはずだった。

実際、文化祭で使った木材は、小柄な紬でも持てそうなものだった。だが、「決まった性別が持つ」ということがマナーであるかのように振る舞う人は多いのだった。

紬は腕を組んで考えた。荷物を見て、その人の体格を見て、「その荷物は、この人

だったら、持てる」と個別に判断することが、その人に対して無礼に思えるから、性別でバシッと区切りたいのかもしれない。大柄な人に対しても「その性別だから、優しくするね」、手芸好きな人に対しても「その性別だから、本当は力があるだろ？」と接することが、礼儀に適《かな》っていると感じられるのか？　「この線引きに収まっている人だよね」と相手を見る方が、線引きせずに個人を見つめるよりも失礼にならない、と信じる人たちがいる。性別で線引きして得意不得意を定めた方が、個人の特性を見るよりも、助け合いをやりやすい、という人たちだ。

そうか、助け合いというのはハードなんだな、と紬は気がついた。

この社会は、助け合いをするために作られたものなのだから、助け合わないわけにはいかない。だが、誰に何ができて、誰に何ができないかを判断するのは難しい。線引きしないと、必要な助けが見えてこない。あらかじめ線引きをしておくとその難しさを和らげられる、という考えがまかり通っているのだな。それを、受け入れるしかないのか……。自分には不得意なことがあるのだから、線引きに甘んじて、にっこりするしかないのか……。生きていくのが楽しくなくなってくる。味がしないガムを噛み続けている気分だ。苦しくなる。だが、笑顔と挨拶で周囲に優しく明るく接することができないのならば死ぬしかないと言われたのだから、笑顔を作り続けるしかない……。

大学生になった夏、アルバイト中に「重いものを持ってくれる人」に出会った。紬の高校はアルバイト禁止だったので、初めての労働だ。ファストフード店の面接を受け、時給千五十円で働き始め、ひと月になる。健《けん》も同じ仕事内容で同じ時給で働いているが、紬より半年早く働き始めていたので、先輩だった。仕事内容は接客とフロア掃除などで、そのときの紬はゴミ箱にあるゴミを集めていた。

「重そうだね、持ってあげるよ」

健が、紬が運ぼうとしていた大きなゴミ袋を四つとも、サッと奪って歩き出した。

「あ、大丈夫です」

紬は追いかけた。

「いや、持つよ」

「じゃあ、半分持ちます」

「いや、四つとも持つよ」

健はそう言って、軽々と持ち上げながら、さっさと歩いていき、ゴミ置き場の引き戸をガラガラと開けて、ゴミ袋を仕舞った。

「ありがとうございます」

紬は、健が引き戸を閉め終わったところに近寄り、目を合わせてにっこりし、お辞儀した。ファストフードの空容器が主に詰まっているゴミ袋は嵩張《かさば》ってはいても大して重くはない。でも、持ってもらえて嬉しいとは確かに思った。

「どういたしまして」

健は満足げだった。

これをし続けなくてはならないのだ、と紬は悟った。この先の人生、何度も何度も、「ありがとう」と言って、「私にはできません」「すごいですね」という顔をしなければいけないのに違いない。

社会人になったら、性別の違う人とレストランに行ったときに「おごるよ」と言われる可能性があり、そんな場合は、「そんなそんな、払います」とまずは財布を出すフリをして、再度「おごるよ」と言われたら、「ありがとうございます」と頭を下げ、翌日、メールで再度「ありがとうございました」と伝えなければならない。そういう社会人マナーがあるのだ、と聞いたことがある。経済力を筋力と似たものとしてあがめなければならないらしい。

さらに、帰り際にタクシー代をもらったときは、「ありがとうございます」と頭を下げて受け取り、後日、レシートとお釣りを封筒に入れて返し、再度「ありがとうございました」と頭を下げなければならない、というマナーを語る芸人さんをテレビで観たこともあった。つまり、性別の違う人から、「『ありがとうございます』の言い方」をずっと評価の対象として見られ続ける。

こういうとき、「ありがとうございます」ではなく、「本当に払います」あるいは「いえ、私がおごります」などと言って、強硬に支払いをするのはマナー違反らしい。「ありがとう」とかわいげを出すことが礼儀に適う行動になる。

タクシー代をもらうなんてことが紬のような人生で起こる確率は低そうだが、万が一タクシー代を渡そうとしてくる人が現れたとして、それを頑なに拒否して自分でタクシー代を払う、あるいは、相手のタクシー代を払う、という行動はやはり社会に合わないようだ。『ありがとう』と頭を下げることがあなたの社会参加を進めてくれる」と指南する大人がこの国には多い。

経済力を筋力の延長と捉えてもらいたがる人が世に満ちている。狩猟採集生活を引きずっているのか。

相手の筋力を尊敬し、経済力に感謝し、自分にはその力がないと何度も何度も思わなければならない。かわいげを出さなければならない。頭を撫でてもらわなければならない。それが人生なのか。

大学の友人同士だったら、たとえ性別が違っても、割り勘にしかしない。何かしらの理由でおごってもらうことがあったら、「次回は私がおごるね」でいい。頭を撫でられたら、「みくびるなよ」と言って、撫で返せばいい。

でも、社会人になったら違うのかもしれない。アルバイトとはいえ、ここは仕事の場だ。「ありがとうございます」は二回言うのがいいだろう、と紬は考えた。

その日の仕事が終わって、バックヤードで健が帰りの支度をしているのを紬は眺めていた。健は他のアルバイト仲間と雑談をしていて割り込めないので、二度目の「ありがとう」をいつ言おうか、と紬は逡巡した。

「おつかれ」

急に雑談を止めてバックパックを背負った健が紬の方を振り返って挨拶した。

「おつかれさまです」

紬は頭を下げた。

「じゃあ、また、火曜日」

去っていこうとする背中に、

「あ、あ、あ」

紬は上手く声をかけられなかった。咄嗟《とっさ》のお礼ならすんなり出ても、言おう、言おう、と準備してタイミングを計っていると、緊張してつかえてしまうことがある。

「どうした？」

健は立ち止まって振り返る。

「あ、あり、あり、ありとうございます。……がとうございます。あの、さっき、ゴミ袋持ってくださって」

しどろもどろになった。しまった、お礼を上手く言えなかった。大事なのに、お礼は大事なのに……、ミスしたら、死ぬ。

「いいんだよ。まだ、新人なんだから。これからも、できないこととか、わからないこととかあったら、なんでも頼って」

健は、紬の頭の上にポンと手を載せた。

「はい、おつかれさまでした」

紬は体を硬直させた。

「じゃあね」

健は手を振り、水色の自転車に颯爽と跨《また》がって帰っていった。健は背が高く、サドルの高い自転車で腰を浮かせてペダルを漕ぐ姿は格好良かった。

紬は見送った。健の反応を見る限り、しどろもどろは『ありがとうございます』の言い方」の評価における得点がむしろ高かったのではないか。頭の上をサッサッと自分の手で払いながら、「ひとまずは、成功した」と考えた。

その後、紬と健は付き合うことになった。

恐れていたような、おごるおごられるということは起こらず、食事はいつもファストフードか定食屋か居酒屋で、支払いは別々に自分の分を払うか、あるいは、割り勘にした。

　でも、「ありがとう」の圧力はよく感じた。付き合うことで、「ありがとう」を言う役職に就いたかのようだった。

　ドアを開けてくれてありがとう、荷物を持ってくれてありがとう、柔らかい椅子を譲ってくれてありがとう、知らないことを教えてくれてありがとう、パソコンの設定をしてくれてありがとう、メールをくれてありがとう、気遣ってくれてありがとう、声をかけてくれてありがとう、みんなの前でミスをカバーしてくれてありがとう、仲間に入れてくれてありがとう、友だちとの遊びに交ぜてくれてありがとう、誘ってくれてありがとう……。

「ありがとう」は健も言ってくれる。紬は、「ありがとう」と言ってもらうために、クッキーを焼いたり、朝食を作ったりといった、不慣れなこともした。健からの「ありがとう」が足りないとは決して感じなかった。

　ただ、「ありがとう」のママゴトをしているような気がした。そして、健はまったく悪くないのに、「ありがとう」の圧力が紬に集中しているようにどうしても思えてしまう。事実、紬の方が「ありがとう」を言う回数は多かった。それは、紬にできないことが多いからかもしれない。

　書店に二人で行ったとき、本棚の高いところにある本のタイトルが気になって手を

伸ばしたら、

「この本？」

と聞きながら健がその本を取ってくれた。

あ、これは少女マンガでよく見かけるシーンではないか。紬はどきどきした。

「ありがとう」

紬は、目を合わせてにっこりし、お辞儀した。

「どういたしまして」

健は満足げだった。

「背が高くて、いいね」

紬は背の高さを褒めた。

「背が低い方が、かわいくていいよ」

健は背の低さを褒めた。

「え？　低さはかわいいのか？」

「そう思うよ」

「ううむ」

紬は取ってもらった本の表紙を眺めながら考えた。確かに、ハムスターやチワワなど、小ささがかわいさに繋がっている生き物はいる。

大学を卒業してから、紬は家電メーカーで営業事務を始めた。周囲の人が手助けを結構してくれて、繁忙期以外はほぼ定時で帰ることができ、あまり大変な仕事ではなかった。

その五年後に健と結婚した。健は住宅販売の営業をしていて激務だったので、紬の家事負担が大きくなった。健は「ありがとう」と言ってくれた。そして、紬の手が行き届かなかった家事を健がこなし、たまの残業で作れなかった料理を健が作り、紬が「ありがとう」と言った。なんでこんなに感謝し合わないといけないのか、と思った。

しかも、感謝を捻出しなければならなかった。

たとえば、固い瓶の蓋だ。

紬が夕食に簡単なパスタを作ることにした夜、麵を茹で、野菜を刻み、パスタソースの瓶を開けようとしたら、固くて開かない。手に力を入れて、ぐっぐっとやるが開かない。

健はシャワーを浴びている。

瓶を逆さまにして底を叩いて蓋と瓶の間に空気を入れる、輪ゴムを蓋の周りにはめて摩擦の力を大きくする、お湯に浸けて蓋と瓶の温度差で隙間を作る、といった、瓶の蓋を開けるためのライフハックがいろいろあるのは知っていた。

どうするのが良いか？

健に頼むのがいいだろう、と紬は考えた。

健は頼まれたがりだ。家事を手伝えると、嬉しがる。健にしかできない家事があると思い込みたがる。シャワー中でも、「瓶を開けて」と言われたら、むしろ喜ぶだろう。瓶の蓋が開く上、健に「君が必要だ」と伝えられ、一石二鳥だ。はたして、

「シャワー中に悪いけど、瓶の蓋が開かないんだよ」

風呂場のガラスのドアを開けて腕をニュッと突き出して瓶を見せると、

「貸して」

濡れた腕で受け取り、裸のままで瓶の蓋を開けたあと、ドアの隙間から渡してくる。腕が誇らしげだった。

「ありがとう」

紬はにっこりして、曇りガラスに向かって頭を下げた。そして、ソースをパスタと絡めた。

その後も、瓶の蓋は健に頼んだ。自分で開けられそうな蓋でも頑張らず、できるだけ健に頼んだ。そうして、「自分が瓶の蓋を開けてしまったら申し訳ない」と思うようになった。健の仕事を奪ってはいけない。スーパーマーケットで商品を選ぶ際、同じ内容物で缶と瓶があったら、瓶の方を選ぶようにもなった。健の仕事を捻出しなけ

ればいけない。

それを繰り返していると、「自分は瓶を開けられない」という気がしてきた。「自分は健がいなければ生きていけない」という思いが湧いてくる。

また、高いところの物を取ってもらうということもあった。台所の上の棚は、紬には届かず、健には届く。椅子を持ってきて、その上に立てば届くのだが、椅子を持ってくるのは悪い気がして、できるだけ健に「取ってくれない？」と頼んだ。健は何か他のことをしている最中でも、呼んだら必ず来てくれて、物を取ってくれた。

健は優しい、と紬は思った。他の人の話を聞いていると、家では常にゴロゴロしていて、「取って」と頼んでも取ってくれないパートナーも多いらしい。買い物に行っても重い荷物に気づこうとせず、「持って」と頼んだところで断ってくるパートナーもいるという。「自分は稼ぐ仕事を十分にやっている。自分ほどは稼いでいないのだから、そっちは家事を負担すべき」「自分の親も、その性別の人は、家事に関しては力仕事でも全部やっていた」といった理屈でごねるらしい。

だから、このモヤモヤは贅沢なものだろう、と紬は捉えた。他の人に伝えることはできない。力仕事をやってもらうのがつらい、という感覚を他人と共有できる気がしない。もしかしたら、自慢にさえ受け取られてしまうかもしれない。

瓶の蓋を開けてもらうのも、高いところにある物を取ってもらうのも、自分から頼んでいる。健はそれに優しく応えている。だから、健はまったく悪くない。紬は健を責めたいわけではない。

では、自分が悪いのだろうか？　自分もあまり悪くないように紬には感じられた。自分も健も、何かにからめ捕られているだけなのではないか？


買い物に行くと、何も言わなくても健は荷物を持ってくれた。

紬が妊娠すると、カバンまで持ってくれるようになった。健だけで買い物に行くことも増えた。

そうすると、ありがたみをひしひしと感じられた。

妊娠初期は流産しやすい。流産は妊娠者の不注意よりも、胎児側の遺伝子の問題で起こることが圧倒的に多いらしいので、重い物を持ったからといって流産と繋げて考えてはいけない。だが、重い物を持たず、できるだけ静かな動きで妊娠期間を過ごした方がいいというのは昔から言われてきたことで、自分が持つはずだった荷物を他の人に持ってもらえると、しみじみとありがたい。

腹が大きくなってからは、職場で同僚たちが優しくしてくれたり、買い物で店員が気遣ってくれたり、電車で他の乗客が席を譲ってくれたり、たくさんの厚意をありがたく受けることになる。だが、まだ傍目には変化が見られない時期だったり、流産の確率が高い妊娠初期は周囲の人に妊娠報告をしていないこともあってマタニティマークを着けづらかったりして、パートナーだけに気遣ってもらうことになりがちだ。いや、パートナーのいない妊娠者もいるのだから、妊娠者であるからには、他人に頼ったり、マタニティマークを堂々と着けたりすべきなのだろうが、紬にはなかなかできなかった。

自分自身も妊娠に不慣れで、どの程度気をつけたらいいかまだわからない。また、胎児を守ることは、自分自身を守ることに繋がってしまい、自分本位の行動になっていないかと心配にもなる。「妊娠中だから」と無闇に言ったら、お花畑状態だと周囲から思われないか、気がかりだ。

ただ、とにかく、一番荷物を持ちたくないのは妊娠初期なのだ。

そのとき、「これか」と紬は思った。

性別によってその人に物を持たせない判断をし、別の性別の人が気遣って物を持つのがいい、と昔からされてきたのは、このせいだったんじゃないのか？

昔は、医学が発達していなくて、妊娠初期は妊娠に気がつかない人もいただろう。また、昔なら、たくさんの子どもを出産する場合も多く、合計の妊娠期間がかなり長い人もいたに違いない。「その性別の人は妊娠の可能性がある」と十把一絡げにして優しくする方が簡単で、性別に違和感を持っている人や妊娠しない人などの少数派を切り捨てて、「その性別に見える人には優しくする」と安易な方法で社会を作ってしまったのだろう。

だが、現代では妊娠している人は大抵自覚がある。妊娠検査薬は高精度で、行為の三週間後あたりには妊娠判定が出る。医学も進歩している。そして、妊娠する人でも、生涯の妊娠期間は一、二年程度の場合が多い。社会がもう一歩進んで、妊娠していることを堂々と言える空気になったら、もう、性別を理由に気遣う必要はなくなるのではないか。

そもそも、妊娠していない人の方が圧倒的に多いのに、「その性別だから、妊娠を考えろ」と括《くく》るのはやり過ぎだ。

自分で考えて子どもを持たないと決めた人、あるいは生涯妊娠しない人、子宮がない人、様々な理由で妊娠に関係せずにたくさんの人が生きている。「あなたは妊娠しているかもしれないから」という接し方をされてつらく感じる人もきっといる。「妊娠の可能性がある」と、性別によってその人を判断するのは性差別になる。

病気などで荷物を持ったり力仕事をしたりすることをつらく感じている人だっているだろう。荷物を持ってあげたり、親切にしたりは、性別にかかわらず、つらそうだったり、事情がありそうだったりしたらすることなのかもしれなかった。

しばらくすると子どもが無事に生まれ、玲《れい》と名付けられた。

ミルクや離乳食作りの際、安心できる水を与えたくなってしまい、ウォーターサーバーをレンタルした。大人も料理やコーヒーに使おうと考え、毎月六箱の水を家に届けてもらう。八リットルの水が入った容器を月に六回交換しなければならないわけだが、水というものは結構重い。水を持ち上げてサーバーにセットするのは重労働だ。当然のように、健が毎回交換してくれるようになった。

また、赤ちゃんがいると買い物に行くのが難しいため、生協に入って食料品や生活用品を家に届けてもらうようになった。週に一回、発泡スチロールの箱に入ったものを四箱くらい玄関先に重ねて置いてもらえる。これを室内に運ぶ作業も力仕事と捉え、健が帰宅後に室内へ運び、冷蔵庫などに仕舞っていく。

産後も、自身の体を元に戻すために、しばらくは重い物を持ったり家事をしたりすることを避け、安静にして過ごすことが医師から推奨されている。そのため、産後一ヶ月の間、紬は家事を極力しないようにして、赤ちゃんの世話の他は寝て過ごした。多くの家事を家電や健がこなした。

だが、その産褥《さんじょく》期が終わっても、健は重い荷物を持ち続けた。紬が家事をこなし、軽い物は持つようになったが、紬が仕事に復帰しても、子どもが一歳になって、二歳になって、三歳になっても、いわゆる力仕事は健が行った。

はたして、これでいいのだろうか？　小さい頃から親に言われてきた「重い物を持ってくれる人を見つける」という目標を自分は達成した。だが、こんなはずじゃなかった感が湧いてくる。いや、この形がしっくりくるカップルもいるのに違いない。役割分担をして、楽しく生きていく人たちが……。「できない人」として自分を受け止め、謙虚に笑顔を振り撒くことに喜びを覚える人たちが……。でも、紬と健の場合はどうだろう？

健はおそらく、必要とされることに喜びを見出している。重い物を持つのはつらいし嫌だろうが、役割を見出すことにそれ以上の良さをきっと味わっている。やるべきことの存在のおかげで、「家に居場所がある」と感じられているのではないだろうか。

そして、紬は、重い物を持ってもらえるのはなんだかんだ言って楽なので、甘えてしまっている。

居心地が良いような、だが、心の底にはもやもやした澱《おり》が溜まっていくような……。この状態が、自分にとっても、健にとっても、本当に幸せなのだろうか？

ある日、「軽い椅子」を紬は購入した。持ち運びが楽な椅子だ。シンプルで安定している形の、緑色のものだった。すると、台所に椅子を運ぶのが苦ではなくなった。「軽い椅子」の上に立ってみた。そして、台所の上の棚の扉を開けて、仕舞っていた「お客様用のカトラリー」を取り出した。

「なんだ、自分で取れるじゃん」

思わずひとりごちた。ぴょんと飛び降り、そうして、「軽い椅子」を、まじまじと見た。

もしかしたら、こいつ、解放者なんじゃないか？

こういう物によって、自分は性別から解き放たれるのかもしれない。人類は道具で様々な扉を開けてきた。

いや、そもそも、もしも自分が台所をデザインできるとしたら、上の方にある棚は全部なくすのに、と紬は考えた。台所の上の方にある収納には、普段使わない物しか入れていない。取り出すのが億劫だからだ。健を呼べば取ってくれるが、子どもが生まれてからはその相手もあるし、こまめに健を呼ぶのが面倒になってきた。それに、地震の多い国に住んでいて、重い物を頭より上に仕舞って、何かのときに落ちてくるのが不安だから、カトラリーやタッパーなんかの軽い物しか仕舞う気になれない。収納がないならないで、そんなに困らない。「軽い椅子」があれば取れるとはいえ、台所仕事は手が届く範囲に物がある方がやりやすい。お客様用の物や、特別料理用の物は、稀《まれ》にしか使わないから、台所ではないところに仕舞ったっていいのだ。さっぱりと、上の棚を全部なくした方が気分がいい。対面型キッチンなので、上の方の棚を全部なくしたら、天井までの空間が広がってゆったりとした気持ちになるし、リビングと繋がっている感じがもっと強くなるし、毎日が楽しくなる。

マンションだってビルだって、もしも紬のサイズに合っている造りに変わったら、面倒なことは今よりも減るだろう。

社会は紬だけが生きているわけではないから、もちろん、そんなことはできないわけだが、つまりは、今の社会はどちらかというと紬サイズよりも健サイズに合っていて、この社会で生きているから、紬にはやりにくかったり、できなかったりすることが多いというだけの話で、紬に問題はないのではないか。

紬は「軽い椅子」を撫でた。

ふと思い立ち、ポケットからスマートフォンを取り出す。「瓶の蓋を開ける」というワードで通販サイトを検索してみた。すると、キャップオープナーという商品を見つけた。早速、購入した。

翌日に届いたその商品をパスタソースが入った瓶の蓋にはめ、回してみるとするりと開く。こういう物が扉なのだろう。

それからひと月ほどが経って、会社を出て玲の保育園のお迎えのために電車に乗っているとき、ロボットのコマーシャルが電車内ビジョン広告で流れた。紬はそれに見入った。

有名な俳優が肩に掛けて、腕、手までを覆うタイプの筋肉ロボットを装着する。すると、重い物が持てるようになる。そして、性別の違う小柄な人の側に行って、荷物を持ってあげる。小柄な人はにこにこして「ありがとうございます」と感謝する。次に、ベルトのように巻くタイプのロボットを腰に装着する。庭で草むしりを屈んで行い、性別の違うパートナーから「頼りになるわ」と褒められる。最後に、ブーツのように履くタイプのロボットを装着する。グーンと足が伸びて、天井にある蛍光灯を楽々取り替えてみせる。性別の違う部下から「さすがですね」と尊敬される。あちらこちらで力仕事をこなし、性別の違う人の手伝いをして、その俳優はモテるようになる。そういうＣＭだった。

なぜ困っている本人が使用しているシーンをＣＭにしなかったのだろう、と不思議になった。重い物を持てなくて困っていた小柄な人がロボットを装着して荷物を持てるようになる話の方が多くの人を惹きつける気がするのに、困っている人に対して他の誰かが「助けてあげる」というワンクッションを入れて、まわりくどい話にしたのはなぜなのだろう。困っていることの解消よりも、かっこ良さが全面的にアピールされている。周囲から「かっこいい」と思われることを重視している商品に見えた。「ありがとう」を言ってもらえる機械に成り下がっている。感謝され、すごいと思われる。それが筋肉ロボットの効用のようにＣＭからは感じられた。

でも、道具としてはいい物ではないのか。紬はポケットからスマートフォンを取り出し、その筋肉ロボットを調べた。

商品ページを見ると、説明文には、介護現場や工事現場などにおける肉体労働の効率化と疲労の緩和を目指しているということが詳細に書かれていた。

ＣＭ制作では「感謝」「かっこいい」演出になってしまったのだとしても、商品を作った人たちは介護現場などでの実用性を追求していたのだろう。

ロボットのいい時代が始まりそうなんだ、と紬は拳を握った。このところ、紬はロボットに関心を抱いている。というのは、三歳になった玲がやたらとロボットに関心を示すので、ロボット図鑑を購入して毎日ページをめくったり、ロボットアニメを一緒に観たりしているところなのだ。

紬が子どもだった頃のロボットアニメでは、ロボットは大概、戦っていた。ほとんどが戦闘を目的に作られたロボットで、敵を倒すことばかりやっていた。かっこ良さとは、生き物ではあり得ない大きさであり、敵に勝てる強さだった。大きくて強いことでしかロボットは子どもから愛されないと制作者は信じていたのだろう。

しかし、玲の時代のロボットアニメは違った。玲が一番好きなロボットアニメの主人公は、介護ロボットだ。人を助け、年齢や性別や人種や障害や病気に関係なく友だちを作り、死ぬ人がひとりも出ない中で、エピソードが紡がれる。他のロボットアニメでも、小さくて弱いところが逆にチャーミングなロボットだったり、ひたすら旅行するロボットだったり、料理ロボットだったりが活躍している。アニメの中で、もうロボットは戦わないのだ。現実世界では、戦争でロボットが使われることがあるのかもしれない。だが、多くのアニメ作品では、「戦わないロボットを作ろう。健康と仕事を支えてくれるロボットと共に、多様性のある社会を生きていこうぜ!」という理想が描かれていた。新しい時代が来たんだ、と紬は驚いた。そんなとき、実際の介護を支えることを目的とした力持ちロボットが自分の前に現れたのだ。ぐっぐっと紬は再び拳を握った。

商品ページをスクロールして見ていく。

CMにあったように、その筋肉ロボットは三種類あった。手に装着するもの、腰に装着するもの、足に装着するものだ。どれも高額だった。全部購入したら、紬の貯金が吹っ飛ぶ。

ロボットというと、人間や動物の形をしているものを思い浮かべがちだが、このロボットは装着型で、人間の体の一部、あるいは服のような印象を与える。ロボット自体が動くというより、人間の動きに連動する。人間の脳波を読み取って動くもので、ＡＩは搭載されていない。

紬はどきどきしてきた。物がこんなに欲しくなったのは人生で初めてだ。貯金を吹っ飛ばすことにした。その場で、ロボットを三種類とも通販で購入した。

一週間後の土曜日、三つの筋肉ロボットが配送されてきた。玲と健は公園にサッカーをしに出かけていたので、紬はそれをひとりで受け取った。

早速、バッテリーを充電する。

それから、肩に掛けて手まで覆うロボットを装着してみた。ウォーターサーバーの水の容器を持ってみる。すごい、楽々持てた。八リットルの水が入った容器が、片手で運べた。紬は感動した。ウォーターサーバーに入っていた空容器を取り除き、八リットルの水をセットする。ひとりでできるし、とても楽しかった。

椅子やテーブルを移動してみた。簡単に模様替えができた。楽しかった。

腰にベルト状のロボットをはめ、庭の草むしりをしてみた。楽しかった。

足にブーツ状のロボットをはめ、蛍光灯の笠の掃除をした。楽しかった。

ロボットがあったら、もう性別はいらないのだ。

生協の箱だって、もう紬が運べる。肉体労働にも就ける。紬は筋力を手に入れた。

楽しい、楽しい。紬は調子に乗ってきた。

五時に、公園へ遊びに行っていた健と玲が帰宅した。

「おかえり。これ、買っちゃった」

紬は全身にロボットを身につけて、ニヤニヤと報告した。

「なんだ、それ」

健は眉をひそめた。

「なに、それー。かっこいい」

玲はすぐに近寄ってきて、ロボットに触れた。

「筋肉ロボットだよ。かっこいいでしょう?」

紬はぐるりと回転してみた。

「かっこいいー、かっこいいー、玲も着るー」

玲は紬の周りをくるくる走って、ロボットを観察する。

「これは大人しか着けられないんだよ。玲も大きくなったら装着しよう。それまでは、段ボールで作ってみるのはどう?」

紬がウォーターサーバーの水の容器が入っていた段ボールの空き箱を渡すと、

「つくるー」

と玲はクレヨンで箱に色を塗り始めた。

「私が、ウォーターサーバーの水を交換しておいたよ。それから草むしりもしたんだ。

あと、蛍光灯の笠の掃除もしたんだ」

紬は健に向かって胸を張った。

「僕がやるから、いいのに」

健は離れたところで棒立ちになったまま、低い声で言った。笑顔も「ありがとう」もなかった。

「変だな」

紬は呟いた。

「何が？」

健は訝しむ。

「筋力に対する尊敬は？」

紬は尋ねた。

「は？」

「私の筋力に対する尊敬と感謝は？」

「だって、金で手に入れたんだろ？」

「金で手に入れて何が悪い。生まれつきがそんなにえらいのか？」

「努力なら尊敬するよ。ワークアウトしろよ」

健は冷たく言った。

「なーにが努力だ」

紬が顔をしかめると、

「ちょっと、ちょっと、怒っちゃだめだよ。子どもの前でケンカすると、子どもの脳が破壊されるんだ。虐待になっちゃうからね」

健は急に良い人ぶり始め、紬を悪親扱いした。

「怒ってないよ。そっちの態度が変だったんじゃんか」

紬は納得できなかった。

「もう止めよう。はい、はい。じゃあ、僕が夕飯を作ってあげるから」

健は会話を打ち切り、台所に立った。

玲は段ボール工作に夢中だった。

紬は憮然としてしばらくそのまま立っていたが、五分ほど経つと、テーブルを拭き、グラスに水を注ぎ、食卓を整えた。


食事を済ませ、風呂に入り、夜八時に玲が寝てしまうと、紬と健はリビングルームに集まり、二人で再度話し合った。

「高額商品を、相談せずに買ったのはごめん。言い訳になるけど、相談すると勢いがなくなると思ったし、私の独身時代からの貯金から出したし……」

紬は、まずは謝った。

「それはいいけどさ、紬はわかってなかったんだと思うけど、僕は水や箱を運ぶのは負担じゃなかったんだよ。気にしなくて良かったんだ。大変だって誤解させちゃったんだとしたら、僕が悪かったよ、ごめん。紬はさ、『自分も運ぶ』じゃなくってさ、にっこりして『ありがとう』って言うだけで良かったんだよ。僕はそんなにお金をかけなくても荷物運べるし、僕に頼ったらいいんだよ」

健はウォーターサーバーから水をグラスに注いだあと、ソファに腰を下ろした。

「障害のある人にもそう言うの？　『健常者の方が楽にその作業をやれるから、障害のある人はにこにこしながらじっとしていてください。〝ありがとう〟と言ってくれれば、仕事はしなくていいですよ』って言うの？」

紬は立ったまま反駁《はんばく》した。

「いや、仕事っていうのは生きがいに繋がるし、誰もが仕事をできる社会にしなければいけない、と考えているよ」

「じゃあ、性別の差だって同じじゃないの？」

「でも、せっかくだから、特性を活かした仕事をやったらいいんじゃない？　細かい作業とか、コミュニケーションを円滑にするとか」

「性別による特性なんて科学的には証明されてないよ。非科学的な話をしないでよ」

「でも、周りを見てごらんよ。普通は……」

「普通って何？　誰？」

「ちょっと、ちょっと、怖いよ。紬は最近、言い方がきついよね。言い方を考えて欲しい。もっと優しい声を出して欲しい」

健はニヤニヤしてたしなめてきた。

「優しい声を出すと甘くみられる、っていう経験がない健には理解できないだろうけど、これからの私は、威厳のある声を出していきたいんだよ」

紬は低い声で言った。

「何それ」

はあ、と健はため息をついた。

「仕事でもよく感じていたんだよ。他の性別の社員の話は聞いてもらえるのに、自分の性別の社員の話は聞いてもらえない。話しても、意見を軽く扱われる。でも、低い声で話すように心がけたら、ちょっと変わってきたんだよ」

紬は手を広げて、威厳のある声で喋り続けた。

「素晴らしい意見だったら、どんな声でもみんな耳を澄ますよ。自分の意見がなっていないんじゃないか、意見自体をもっと練らなくちゃ、って反省する気にはならないわけ？」

「確かにそうだね。素晴らしい意見が出せたらいいね。でも、素晴らしい意見じゃなくったって聞いてもらいたい。声の種類を理由に話を聞いてもらえないのはおかしい」

「声の具合で、意見を採用するかしないか決める上司なんて、大した上司じゃない。大した会社じゃない。相手が悪い。社会が悪い。紬は悪くない。気にしなければいい」

「でも、健だって、私が優しい声を出さないと、私とコミュニケーションを取る気にならないんでしょ？　健も声の具合を気にしているじゃないか」

「まあね」

健は、グラスを蛍光灯に向けて、透過を楽しんでいる。

「まあ、柔らかい声でも、高い声でも、甘く見られない社会が本当は理想なんだけどね。ほんわかした声のふんわりファッションの人にも、一人前の人間として接しないと」

「接しているでしょ」

「接してくれないんだって」

「そうかなあ。信じられないなあ」

「だから、健はそういう思いをしたことがないから、知らないだけなんだって。あのさ、ついでに、ひとつ、お願いしていい？　これからは、健の仲間は健とだけ繋がっていて、私は仲間ではないと思ってもらっていい？　健の職場の人たちとか友人たちとかとのバーベキューや飲み会にこれまで参加させてもらったよね。みんないい人たちなんだけど……」

　紬は、ついでの話を喋ってみた。

「よくそんなことが言えるね」

「いや、だから、本当にみんないい人たちなんだよ。健がこれからも仲良くしてもらえたらいいな、と思っている。でもさ、私はさ、その場に行くと、まるで私が健の付属物になったかのような気分になるんだよね。あと、健と同意見の人間であるかのような。それから、健の立身出世を望んでいるかのような」

「望んでないの？」

「健のやりたいことを応援する気持ちはあるけど、立身出世を応援する気はないし、パートナーの社会的地位は私に関係ないよ。そもそも、仕事に関しては、仕事仲間と頑張ることであって、私がしゃしゃり出ることじゃないでしょ」

「よくわかんない」

　健は首を振った。

「だからさ、これもさ、健はこういう扱いを受けたことがないからわからないんだと思うよ。パートナーの付属物だったり、同意見の人物のようにまとめられたり、出世を応援している人のように扱われたりってことが」

「わからない。ただき、紬が言っていることって、浅いよね。世の中、もっと苦しんでいる人がいるのに、そんなちょっとした違和感で悩んでどうするのさ。自分で悩みを作り出しているんだから、世話ないよ。社会には、死ぬほどの苦しみや、深刻な悩みを抱えている人だっているんだよ。紬のは死ぬほどつらい話じゃないんだから、気にしないようにしなよ。スルー力を身につけたら？」

「せっかくこんなに社会が発展してきているのに、ちょっとした違和感も表明できないんだ？　なんのために高度な社会を作っているんだろうね」

紬は床を見つめた。

「まあ、いいや。そういうのをつぶやきたいんだね。ＳＮＳなんかでつぶやいてみたら共感を得られるんじゃない？」

「私、育児と仕事で自由時間がほとんどないから、すごく貴重で。だから、健の仲間と飲むより、ひとりで飲みたい」

「あ、そうなの？　わかった、わかった。行ってきなよ。玲は僕が見ているから」

健はあっさりと言った。

それで、紬は外に出た。夜にひとりで出かけるのはものすごく久しぶりだった。まだ八時台だというのに、ドキドキした。

駅前のオーセンティックバーに入ってみよう、と歩みを進めた。結婚してこの街に住み始めた年に見つけたものの、一度も入店したことはない。入ろうかな、と思いつつも勇気が出ず、何度か店の前を通り過ぎた。

路地裏に、大きな一枚板のドアがある。ものすごく小さな看板に、「Giorgio de Chirico」という金文字があった。店名だと思われた。看板には、商品も値段も惹句もなにもない。バーであることが示されているだけだ。とっつきにくく、入ることが喜ばれそうな雰囲気がない。

だが、オーセンティックバーとはそのようなものだ、と数年前に雑誌で読んだことがある。分厚くて開けにくいドアによって外界と遮断された空間が、オーセンティックバーなのだ。ドアは必ず、重くてなかなか開かない仕様になっている。そして、メニューのない中で、酒を頼む。初心者は、「フルーティーなものを」など、好みを伝えるだけでも良い。オーセンティックバーでの作法について特集していたその雑誌を熟読して「いつかひとりでお酒を飲みに行きたい」と紬は夢想した。紬はひとりで酒を飲んだ経験がない。居酒屋やファミリーレストランでもない。なんだか怖い気がして、仕事仲間や友人や恋人と一緒でないとアルコールを口にしてはいけないと思い込んでいた。ドラマや小説などで、登場人物がひとりでバーに入るシーンを見かけると、強烈な憧れが湧いた。そして、憧れるけれども自分にはできない、と思った。オーセンティックバーにひとりで入るなんて、できないことの最たるものだ。特集があった雑誌は紬の性別ではなくて健の性別向けの雑誌だったし、ひとりで訪れる自分を受け入れてくれない店のようにも思えた。きっと、誰かにエスコートされないとオーセンティックバーには入れない。他の人にドアを開けてもらわないと中に入れない……。

けれども、今日はできるかもしれない。紬はバーに向かって足を動かした。もしも、入ろう、入ろう、と何度も考えながら店の前をうろうろして入るタイミングを計ったら、緊張してどんどんドアが開けにくくなるだろう。紬はドアに突進していった。迷う前に開けよう。

分厚いドアにはドアノブがなかった。だから、手で押した。開かない。ぐっぐっと力を入れた。開かない。あれ、今日は休みかな？　だが、もう一度だけ、と考え、全身をドアに押し付けるように、体重をかける。すると、僅《わず》かに動いた。開く。ぐぐぐぐ、とドアはゆっくりと開いた。

開けられた。私にも重いドアを開けられる。ひとりで開けられるのだ。

「いらっしゃいませ」

髪をきっちりと横分けに固めて、手入れの行き届いた髭を蓄えた、姿勢の良いバーテンダーが、静かな声で迎えてくれた。清潔な異空間が広がっている。

どきどきしながら紬はカウンターの端っこの丸い椅子に座り、

「辛《から》いものをください」

と頼んだ。

「かしこまりました。カクテルがいいですか？」

バーテンダーが尋ねる。

「はい」

カクテルという言葉にもピンとこない紬だったが何かを混ぜ合わせるものだろう。

「今日は良い金柑《きんかん》が入っているので、金柑の何かはいかがでしょう？」

バーテンダーは続けた。

「はい」

金柑もどういうものかわからなかったが、フルーツだろう。

「ショートがいいですか？　ロングがいいですか？」

「ショート？」

「氷が入っていないのがショートカクテル、氷入りで長い時間をかけて飲むのがロングカクテルです。ロングの方がたくさん割るので酔いにくいです。ショートの方が強いですよ」

「ショートでお願いします」

「それでは、金柑のマティーニはいかがでしょう？」

バーテンダーはメジャーカップを手に取った。

「それでお願いします」

「結構強いですが、大丈夫ですか？　お酒は強い方ですか？」

「強いです」

紬は頷いた。アルコール耐性はある方だ。

バーテンダーは材料をかき混ぜてマティーニを作り、グラスに注ぐと、

「お待たせしました」

脚の下の方を持ってスッとテーブルの上で紬の前に差し出した。

「ありがとうございます」

一口飲んで、体が熱くなるのを覚えた。アルコール度数が高いのが感じられる。これは一杯だけだな、と紬は思った。オーセンティックバーを特集していたあの雑誌にも、一杯か二杯飲んで、三十分ほどで店を出るのがスマートだ、と書いてあった。

ちょっとずつ口を付け、ゆっくりと飲んだ。玲のことを考えながらグラスを動かした。やはり、玲のことを考えるのは楽しかった。玲を目の前にして一日中育児のことを考えているとつらくなるときもあるが、こうやって離れて玲のことを考えるとまた楽しくなる。そして、会いたくなる。

「ごちそうさまでした」

会計は二千五百円で、一杯でそんなにもか、と思いつつ、オーセンティックバーとはそういうものだと雑誌に書いてあったので驚きはしなかった。重いドアを押し、緊張感と共に異空間に行き、旅行のような面白さを味わった。しっかり満足できていた。

家までは歩いて十分ちょっとだが、夜道は怖いし、タクシーを使った。自分で稼いだ金で酒を飲み、自分で稼いだ金でタクシーに乗る。そんな贅沢は、気分がいい。ロボットやタクシーのためにこれからもっと稼いでいきたい。

まだ十時前だったが、明日は早出の健だから、寝ているかもしれない。マンションのドアを音を立てずに開ける。すると、健がロボットを装着していた。

「あ、ごめん。借りてしまった」

健は謝ってきた。

「いいよ、いいよ。かっこいいでしょ？」

そう言いながら、紬は洗面所に行って手を洗ってきた。

「いいね、これ。楽しくなるね」

健はテーブルの位置を動かしていた。

「だめじゃん。夜遅くに家具を動かしたら、上の階に響くかもしれないし」

紬たちの部屋は一階だが、物音というのは上に結構届くものだと聞いたことがある。

「そうか、ごめん。でも、そうっと持ち上げて、そうっと置いたんだよ。しかし、楽しいね。労働というのはね」

「そうでしょ」

「なんかさ、紬が重い物を持てるようになったら、僕が必要なくなるんじゃないかな、と思ったんだ。寂しかったんだ、ごめん」

告白するような口調で健が言った。

「でもさ、必要ってなんなんだろうね。玲は、今、私のことを親として必要としている感じがあるけれども、万が一、私がいなくなっても、きっと立派に育っていくと思うんだよね。『親はなくとも子は育つ』って言うでしょ。親がだめになりそうなときに子どもを巻き込んで無理心中してしまう事件がときどきあって、『親なんかいなくても子どもは育つんだから、心中するくらいなら手放せ』って戒める意見をよく聞くじゃない？　そうだな、と思うんだよ。子どもはたくましいんだよ。私の代わりはいるんだよ」

紬はソファに腰掛けた。

「そうなんだよ。僕もそれを考えていたんだよ。あのさ、……もしかしたら、必要とされている人間なんて、この世にひとりもいないんじゃないの？」

健は筋肉ロボットを装着したままローテーブルの向こうの床であぐらをかく。

「え？」

紬は聞き返した。

「いや、ずっと考えていたんだ。僕はずっと仕事が忙しくて。精神的にも肉体的にも結構つらくて。けれども、自分は会社から必要とされている人材なんだ、自分がいなければ周りの同僚が困るんだ、と思って頑張ってきたんだ。それでいて、ときどき、『本当にそうなのかな？』って懐疑的になる。『いなくてもいいんじゃないか？』って気分がダウンする時期が周期的にくる。それを、上司とか同僚とかに愚痴ってしまうときもあったんだけど、そうすると、『いや、おまえのおかげで助かっている』『みんなから慕われている』って慰められて。そうだよな、やっぱり、自分は必要な人間なんだ、って奮起して。だけど、よくよく考えれば、やっぱり、必要な存在ではない。代わりの利く存在なんだよ。家でも、玲は、仕事が忙しくて家にいる時間が少ない僕よりも紬の方と長く過ごしているから、紬の方をより強く親として慕っている。その上、紬は力仕事もできるようになって、自分はもう家族からも必要とされなくなる。ああ、僕なんていらないんだな、誰かから『必要だ』って強く求められることはないんだな、と思ったわけ」

健は頭の後ろで手を組みながら喋った。

「ごめん」

紬は謝った。

「いやいや、それでさ、今、こっそり筋肉ロボットを装着して思ったんだ。これを装着すれば、誰だって力仕事ができる。人間同士の差がなくなっちゃうんだ。いや、ロボットだけじゃない。他にもいろんな道具が世の中にはあって、道具を使えば誰だっていろんな仕事ができるんだ。道具はどんどん進化している。だから、『他の人にはできないことを補うことが仕事だ』っていう考えはもう古いのかもしれない。『誰にでもできることを、僕もやるんだ。それを仕事とするんだ』って考える時代になったんだ。もう、この世に生きている誰も彼もが、必要とはされていないんじゃないかな、って思った。……これは前向きな話だよ」

健は滔々《とうとう》と喋った。

「ああ、しっくりきた」

紬は深く頷いた。

「そう?」

「うん、うん。私の代わりはいくらでもいるんだよね。その中で生きていかないといけないんだ」

「そうなんだよ」

健は自分の膝を撫でながら頷く。

「役割分担は、もう時代に合わないんだろうね。必要とされていなくても、生きていかなくちゃいけないんだ。他の人でもできることを自分がやっていいんだね。たぶんさ、相手にできないことを自分がやるという仕事でしか自分の存在価値を確認できないと思い込んでいるから、『できない人』を捻出しようとしちゃうんじゃない？　自分にしかできないことをやるんじゃなくて、相手にもできることを自分がやるんだね」

紬は台所からマグカップを持ってきて、ウォーターサーバーから湯を注いだ。

「まあ、相手の不得意なことを見つけて代わりにやるんじゃなくて、自分が楽しいことをやればいいんだろうね」

健は、あぐらを崩して、爪先同士をくっ付けた。

「そう、楽しんでやってもらえればやられる側もまあまあ気が楽だしね。やってもらうことの方が多い人もさ、やってもらうことが多いからって、挨拶や笑顔が上手くなる必要はないんだ。平気な顔で、堂々と受ければいいんだ」

紬は湯をひと口飲む。

「そうだね。さ、明日も早いし、もう寝るか」

健は立ち上がった。なんだか、わかり合ったかのような会話の終わりだった。だが、紬はまだ寝るつもりはなかった。いや、健と自分はわかり合ってなどいない。これは、とりあえずの会話にすぎない。ただ、呪いは解けたかもしれなかった。たぶん、これからの人生、笑顔や「ありがとう」の総量は減る。けれども、何かは増える。ああ、それはなんだろう。「筋肉ロボットを買って良かった」という喜びが丹田からふつふつと湧いてくる。筋肉ユートピアが始まった。健が脱ぎ捨てた筋肉ロボットを紬は撫でる。リビングルームでひとり、紬は湯を飲みながら、わずかに残る酔いを楽しむ。

キラキラＰＭＳ（または、波乗り太郎）

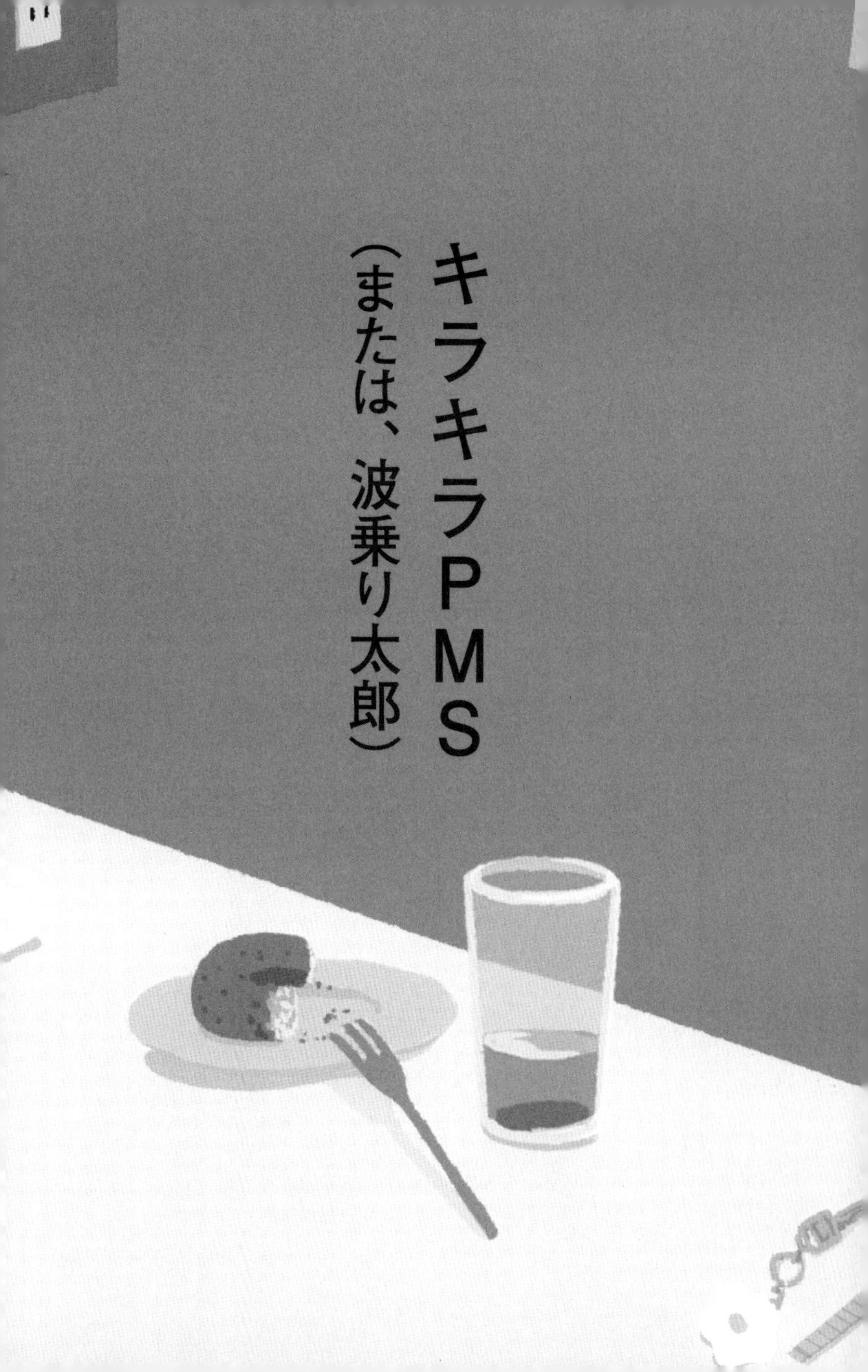

平太郎《たいらたろう》はひたすらフラットに生きてきた。それは難しいことではなかった。

太郎の顔は凹凸があまりない造りで、表情も乏しかった。また、後頭部も絶壁だった。体は脂肪や筋肉が必要以上についておらず、かと言って骨張ってもおらず、平面的だった。

親や師範が精神を鍛え上げてくれたため、気持ちがブレることはあまりなかった。気分によって発言や行動が変わることもほとんどなかった。気分屋だと思われたら死ぬと思った。ポーカーフェイスは死ぬほど得意で、怒っても悲しくても、それを誰かに読み取られることは皆無だった。あだ名は「ロボット」だった。

小学生の太郎は、世界に溢れる日本人のイメージになじむためにKARATE教室に通った。イメージにそぐわないことをすると周囲の空気が波立ってしまうので控えた。

どこにいても太郎はフラットを求めた。

建築の作業員がコンクリートをスーッとレーキで平にしているのを見かけると、胸のつかえが取れた。クレープ屋の店員が生地をスーッとトンボで延ばしているのを見つめると、頭の中に快感が湧いた。コンクリートや生地を目で追い、どこまでも平に広がっていく大地を思い描いた。住んでいたのは関東平野だった。さらに海なし県で、近くに大きな山もなかった。

フラットに対して、毎日拍手を送り続ける太郎。

そうして、思春期に入った。

太郎は、「自分はイライラをコントロールできる。でも、コントロールできずにイライラして波立ち続ける種類の人間もいる」と周囲を見渡すようになった。イライラを汲み取ってあげなくてはならない。テレビでみんなそう言っているし、多くの書籍にもそう書いてある。イライラは性別のせいだ、と太郎はとりあえず考えた。その性別ではない人はどんと構えてイライラを受け止めてあげるのだ、どんと構えるのは大変だが、太郎の属する性別の人間はみんなそうすべきだ、そうすればかっこ良くなれる、たぶん。

理解教というのがあった。宗教の一種だ。「わかるよ」というのが念仏だった。「周囲の人に『わかるよ』と言ってあげなさい」という教義をたれる教祖がいる。友人がその宗教の信者だった。太郎は信者ではなかったが、大いに影響を受けた。

理解、理解、理解、理解、と唱えながら、校舎の廊下に並ぶタイルをひとつひとつ踏んだ。理科室のドアが開くまで待っているとき、体育館で整列して先生の話が始まるのを待っているとき、登下校の長い信号待ちのとき、暇な時間に誰にも聞こえない声で「わかるよ」と口中で転がし、いつかこのときだという場面で使えるように備えた。

中学二年生で、

「あれ？　怒っている？」

太郎は同級生に尋ねた。

「怒っていないよ」

同級生は答えた。

「いや、本当は怒っているんだよね。うん、うん、わかるよ。怒っているのに『怒っていないよ』って裏腹なことを言って、心と言葉は違うということをこちらに読み取らせる性別なんだよね」

太郎は言った。「わかるよ」と。言えた言えた、「わかるよ」と言えたよ、と思った。

「？？？？？」

同級生は怪訝な顔をした。

「うん、うん、わかるよ」

太郎は笑顔で頷いた。

「？？？？？？？？？」

「うん、うん。その性別は大変だよね。その性別はイライラしたり、イライラしているのに『怒っていないよ』って言わないといけなかったり、大変だよね」

テレビや書籍でたくさんの知識を得た。大人になろうと思った。

太郎は、どんなときでも同じことを言う。気分によって変化する発言なんてしない。大人になるからには信頼を得なければならない、と考える。信頼を得るには同じことを言い続けなければならない。

でも、それができるのは性別のせいなのだろう。自分が思う自分の性別は平なものであるし、他の性別を慮《おもんぱか》ってあげよう。他の性別と言っても、それは一種類だと思われる。自分とは違う種類を全部まとめて「その性別」と理解すればいい、と安易に捉えた。そのカテゴリーを「自分とは違う人たち」と捉えるのはかなり楽だ。自分とはまったく違う存在だが、その存在もまた人類であり、尊ぶべきもので、違うからこそ大事なのだ、と簡単に考えてしまうことにした。フラットに生きたくてもできない人がいる、できない人を責めてはいけない、できない人はかわいそうだ、かわいそうな人は助けてあげればいい、たぶん。

太郎はネクタイを締め、身を引き締めた。ネクタイは、高校時代から、平日に締めるようになった。きっかけは、制服にあったからだ。スカートを穿くかネクタイを締めるかを性別によって判断せよと校長から定められ、太郎は自身の性別を二種類の中でのみ選択することに違和感を覚えず、素直にネクタイを締めることにした。

「これは、なかなかだな」

自身のネクタイ姿を姿見に映し、太郎は頷いた。ネクタイとはなんなのか。クロアチアの兵士がつけていた布が起源らしいが、それを聞いても自分が首に布を巻く理由はわからなかった。でも、これに関しては理解しなくていいだろうと思った。えらい人が首に布を巻けと言っているのだから、従えばいい。波風を立ててはいけない。

心は波立たなかった。そういうものだと思った。

決められた服を着て、みんなで平になるのだ。決められた服なら貧富の差がヴィジュアルに映らないし、実にフラットではないか。うふふ、と太郎は笑った。

「ロボットくん」

と自分を呼んだ。人差し指を姿見に向けると、その中の太郎も指を突き出した。指の先を触れ合った。よくよく見ると、ミラー太郎の指と、リアル太郎の指の間にはわずかに隙間があったので、ぎゅうと押し付け合った。でもその隙間は決して埋まらなかった。

世界はさらに平になった。太郎の青春時代にインターネットが活況を呈し、繋がりがどこまでも広がっていった。近くの人も遠くの人も等しい距離になった。人間関係がどんどんフラットになっていく。

テレビは観なくなった。本は読み続けた。

インターネットにも知の海はあった。そこをエンターキーの船で延々と移動し、リアル世界では飛行機や新幹線を使って旅行や短期留学も経験した。

飛行機も新幹線もインターネットも太郎の味方だった。世界を地続きに、高低差のないものにしていく。

その後、青春時代の終わりから七、八年ほど経って、波照間《はてるま》床《ゆか》という恋人ができた。床はかわいそうな性別に属していた。床はなかなか自身の性別を言いたがらなかったが、おそらくそうだ、と太郎は推測した。太郎と床は違う性別だろう、きっと。だから好きになった、たぶん。自分と違う性別の人を好きになって守るのが、自分の性別に属する者の道だ、と思い込んで生きてきたから。

太郎は仕事に燃えていた。仕事は楽しかった。

ただ、セクハラ行為によって自己都合退職を迫られて辞めた人物が仕事の先輩にいる。太郎はその経緯を横で見ていて最後に震え上がった。太郎は線引きに自信がなかった。仕事中にセクハラをせずに性別の違う人と仲良くなる方法が太郎にははっきりとはわからず、床とはインターネットで出会った。床はいい奴だった。

そして床はナプキンを愛していた。そういうことが床のＳＮＳに書いてあったので、太郎は性別を推測したのだ。生理があるかないかで性別が分けられると太郎は思い込んでいた。だから生理の話をしてもらえてありがたかった。自分とは違う存在だと捉えることができたから。

かわいそうに、と床の性別を思い遣った。股から血が出る性別に属する者よ、かわいそうに。

デートのときに、

「もうすぐ生理なんだ」

と言われたら、

「お腹が痛いんだね」

と慮った。すると、

「生理中はお腹が痛いんだけれどもね、もうすぐ生理ってときは腹痛じゃないんだよ」

床は説明してきた。

「ああ、頭痛かな？　大変だよね」

カタカタと太郎はいたわった。太郎と床のデートはオンラインゲームやカフェや居酒屋や美術館で行われている。太郎も床も激務でスケジュールが合わせづらいため、一番多いのはオンラインゲームだ。ゲーム内で物語を進め、二人で仮想生活を営む。

「うーん」

床は唸った。

「うーん」

太郎も唸った。よく理解できないセリフに対しては鸚鵡《おうむ》返しが一番良い、と本に書いてあった。

「頭痛っていうかね……」

床は濁す。

「ああ、わかった」

太郎はカタカタ頷いた。

「わかったの？　すごいね」

床のキャラクターの表情が変わった。

「イライラでしょう？」

太郎は推察した。

「ああ、うーん」

床のキャラクターがうろうろと歩く。

「イライラしていいよ、受け止めてあげる。僕は包容力があるから」

太郎はにっこりした。

「包まないでくれ」

床は首を振った。

「なぜ、なぜなんだ、包ませてくれ」

「いやいやいやいや。ギョーザじゃねえし」

「股から血が出るなんて、僕の性別じゃ考えられないから」

「いやいやいやいや、生理は性別に関係ないし。それに、生理じゃない血が出ることだってあるだろうよ、消化器官とか性器とかの病気にかかったときか、怪我したときか。性別に関係なくナプキン使う人はいるよ」

「病気や怪我なんて滅多にないことだもの。いやあ、毎月なんて、かわいそうだよ」

「いや、大変とかかわいそうとか、そうでもないって」

「でも、ナプキンとかタンポンとか……。出費も大変でしょ？　だって、毎月、ドラッグストアで買わないといけないもんね。高価なものじゃなくても、毎月だもんね」

「いや、金はさ、人それぞれ出費はあるでしょ？　目が悪い人はコンタクトとかさ、足がない人は義足とかさ、お金かかることはあるでしょ？　それにしても、時代ってものはありがたいな。だって、昔はネックだったと思うんだよ。血が出るっていうのが、行動を制限してたと思うんだよね。集まりに参加しよう、会議で意見を言おう、金を稼ごう、って燃えたとしても、血が流れる日は難しい、って鎮火して。でも、ナプキンとかタンポンとかを作る会社のおかげで、障壁がどんどん薄くなったでしょ。今の時代はすげえなって。時代ってものがあるおかげで、どんどん良くなるんだね。もちろんまだまだ出血で大変な思いをしている人はいるだろうけどもさ、オレの場合は、出血が大きな壁に感じられないんだよ。だからさ、大発明だよね。生理のことをさ、これまでは、物理的な壁って思われていたけれども、今は、精神的な壁として議論できるでしょ？　こんなふうにさ……」

「うん、うん、わかるよ。床の体の場合は、血が少なめで、だから、血じゃなくて、イライラが壁なんだね」

「まあ、うーん、そうなのかな」

「まあ、うーん、そうなのかな」

「ＰＭＳっていうのがあってね」

床はＰＭＳを語り出した。

「うん、うん、わかるよ」

太郎は頷いた。

「え？　わかるの？」

「わかる、わかる」

「ＰＭＳを知っているの？」

「月経前症候群のことだよね。生理が始まる十日とか三日くらい前から、体や心がイライラしてくるんだよね。それで、人間関係に亀裂が生じるんだよね。思考がグルグルして暗い気持ちになるんだよね。心が波打つんだよね。でも、生理日が来て出血が始まると、さらりとイライラが消えて、グルグルしていた思考もスーッと伸びて、心の波がおさまって平になるんだよね」

「おお、結構、知ってんな。そう、生理が来る一週間前くらいから、頭痛がしたり、頻繁に食欲が湧いたりするんだ。それから、思考の流れが淀んで、暗い方向に向かいがちになるんだけどさ、生理が来た途端、明るい方向にさらさらと真っ直ぐ思考が流れるようになるんだよ。だから、生理前の時期に仕事仲間と険悪になったり恋人と別れたりしちゃったことがオレにもあるんだけれども、生理が始まったあとだったら気持ちよく明るく接することができたはずだから、申し訳ないし、悔しいんだよ」

「うん、うん、わかるよ。ネット記事で読んだんだよ。ＰＭＳは更年期障害の予行演習っていうのも聞いたことあるよ」

「へえ、そんなことオレは聞いたことない」

「更年期障害っていうのは、閉経の前後の数年間に、のぼせたり、ほてったり、だるくなったりといったつらいことが起こるんだよね、床の性別は大変だなあ」

「ほお、よく知ってんなあ。オレは知らなかった」

「そうなんだよ、わかっているんだよ。だから、僕は、更年期も、生理も、バカにしないよ。なんでも話してね。恥ずかしがらないでね」

太郎のキャラクターは優しい顔をした。

「恥ずかしくねえよ」

床のキャラクターはむすっとした。

「あ、そうか。床の性別に属する人はみんな生理になるもんな。更年期もみんなに訪れるものだもんな。みんなにあることだから、恥ずかしくなんてないよね」

太郎のキャラクターは両手を回して「みんな」を表現した。

「いやいやいやいや、みんなにあることじゃねえよ。生理がない人も更年期がない人もいっぱいいるって。生理がある人や更年期がある人たちでも、症状は人それぞれで、個人差すげえらしいから、ひとまとめにできないよ。だからさ、みんなと比べる必要ないんじゃねえの？　そもそも、『みんなと同じだから恥ずかしくない』って感覚、変だと思う。みんなと同じでも恥ずかしいことは恥ずかしいし、自分だけのことでも恥ずかしくないことは全然恥ずかしくない」

床のキャラクターは首をブンブン振った。

「あ、そうか。個人が大事だもんね。店員さんは羞恥心がある人の買い物では紙袋や黒い袋に入れて生理用ナプキンを隠してあげるけど、羞恥心がない人はナプキンを隠さないで欲しいんだもんね。どっちの感覚も大事にしてあげなくちゃね」

日本では長らく、生理用品購入の際、外から中身が見えない包装を店側が施すことがサービスのようになっていた。だが、生理用品を恥ずかしいものとして扱うことを疑問視する声が大きくなっている、というのも太郎はインターネット記事で読んだ。

「ネット記事で読んだの？」

「そうだよ」

「すげえなあ、おい。そうだな、オレは堂々とナプキン買いたいから隠さないで欲しいんで、ということはオレには羞恥心がないんだな。今の時代、過剰包装するのはどうか、というのもあるがな」

「ネット記事をいっぱい読むと床の性別のことがわかるんだよ」

「へえ」

床のキャラクターは両手を挙げた。

「床の好きな、生理の話題や、コンビニスイーツの話題や、デパ地下の話題や、アイドルの話題や、化粧品の話題にも詳しいんだよ、僕」

「オレはそれらの話題は好きじゃないけれども」

「あ、間違った。床の性別が好きな話題だ」

「『その性別の人が好きな話題』なんてあるのか？」

「とりあえず努力を認めてよ。まずは、床の性別の好きな話題に詳しくなって、そのあと、床個人の好きな話題について調べるからさ。ほら、段階踏むって大事だろ。分類して、さらに分類して、やっっっっっと個人が見えてくるんだよ。だからさ、まずは大きい輪を見ないと」

「やめてくれ、その輪の中にオレはいないよ。分類の先に個人がいるわけじゃない」

「わかるよ」

「わかんのかい！　……しかし医学っていうのもありがたいよな。ＰＭＳっていうのの発見のおかげでさ、性別に付随する性格だと思われていたのが、生理に付属する障壁だって考えられるようになったわけだからさ。その性別の人がみんなその性格なわけじゃなくて、生理期間の数日前に生じる壁に過ぎなかったんだよ。ほら、性別によって脳の仕組みが違うとかいう似非《えせ》科学も流行《はや》ったけれどさ、やっぱり嘘で、ＰＭＳによる症状がある人がいるっていうだけのことだったんだよ。性別は人間の根幹に関係なかったんだよ」

「え？　でも、生理はその性別の人に多いんだから、『その性別の性格』って理解しても間違いじゃないんじゃない？　僕の性別で生理がある人は少数だし、僕の場合は子宮がないから、僕はずっと思い遣る側であって、当事者にはなりたくてもなれないよね。やっぱり、性別は人間を判断するのに大事なことだと僕は思っちゃうな。その性別の多数派にその傾向があるなら、その性別の特徴と捉えていいんじゃないの？　床は、自分は生理がある性別だって受け入れなくちゃ。子猫が大人の猫にしかなれないのと同じように、その性別の子どもはその性別の大人になるしかないんじゃない？」

「いや、子ども時代の性別に違和感があったら、違う性別の大人になれるよ」

「あ、そうだよね。手術や戸籍の性別変更ができるもんね。間違えた。……でもさ、障害がない人は性別を変えられないよね？　気分で性別を変えるのはただのワガママだよね？」

「オレは気分で変えていいと思うけど」

「え？」

「性別で人に迷惑かけるとは思えない。性別は他人のものじゃない。自分のものだろ。そして、自由なものだ。それに、少数でも当てはまらない人がいたら線引きしちゃいけないと思うよ。みんな自分の好きな風に自分の性別を扱えばいいんだ。性別を意識しないで暮らしたい人だっている」

「え？　え？」

「生理はオレじゃないだろう？　障害がその人を規定するわけじゃないのと同じだよ。今は『障害者』って言わないで『障害のある人』って言うでしょ？　障害ってその人の問題じゃなくて、社会の側にあるハードルなんだよ。今の社会が不便だからハードルが感じられるだけ。社会が変われば障害も性別もなくなるよ。時代を信じよう。時代が進めばハードルがなくなって、障害も性別も消えて、みんなただの人間になる。障害のある人が障害者じゃないのと同じように、生理があるからって生理者として存在しているわけじゃない。そして、生理は性別と繋げられない。トランスジェンダーやノンバイナリーの人にも生理がある人はいる。生理が生活を不便にすることはあっても、生理が自分を定義することはないよ」

「うん、うん、わかるよ」

「わかんのかい！」

「うん、うん、うん、うん」

生理に関する長い長い話をひと通り聞いてあげたので、射精の話もしたくなったが、床の属する性別は話を聞いて欲しがる属性を持つという似非科学の本を読んだことがあり、その偏見を捨てられない太郎は、自分の話したいことは喉の奥へ押し込んだ。そして、パソコンの横に置いていたボトルを手に取って蓋を開け、中身の液体、つまりウイスキーを、チューリップグラスに注いでぐるりと回し、話したいことと共に飲み下した。余計なことを言わない自分が大好きだ。煙のような味が胃の上部を焼く。聞き上手な自分像に太郎はしばし酔った。


その十日後にオンラインエンゲージを交わし、翌年に結婚した。子どもは二人生まれ、今では四歳と〇歳だ。

太郎は平日と隔週土曜にネクタイを締めて外出する。外出の理由は仕事だ。

電車を乗り継いで向かう。近くに魚の市場があるため、大型トラックが通れるように、とても大きい道路が造られている。その通り沿いの高いビルに吸い込まれる。四十五階で降りる。

太郎の属する中小企業が借りているフロアだ。

机がフラットに並んでいる。席は決まっていない。フリーアドレスだ。その日に使いたいパソコンを選び、自分のＩＤとパスワードでログインする。すると仕事が始まる。

一時間ほど集中してキーボードを打ったあと、ふうっとため息をついた。すると、同じようなため息が隣の机から聞こえた。隣の机には後輩の伊東《いとう》が座っていた。伊東には、伊東という苗字に因《ちな》んで「マンショ」というあだ名が付けられていた。

「マンショ、ＰＭＳって知っている？」

太郎は雑談をマンショに振った。

「ＰＭＳ。なんの頭文字ですか？」

マンショはマスクをつけた口で尋ねた。

「Premenstrual Syndrome だよ。生理の期間の前の一週間ほど、イライラしたり、憂鬱になったり、心身の不調が続くんだってよ」

太郎もマスクをしている。聞こえづらさを慮り、心持ち大きい声を出す。

「生理って血が出て不便なだけじゃないんですか？」

マンショは質問する。

「血以外もあるんだよ。かわいそうだよな。パートナーがそう言っていたんだ。僕のパートナーはＰＭＳがひどいらしくって」

太郎は両手を挙げて見せた。

「イライラや憂鬱……。えーと、その結果、生活に支障が生じるってことですか？精神疾患のようなもの？」

黄色いネクタイを少し緩めながらマンショは問い続ける。

「うん、うん。家族とか恋人とか仕事相手とかとの関係がまずくなることもあるらしい」

太郎も自分のピンクのネクタイの結び目を直してみた。

「じゃあ、ＰＭＳで自殺した人もいるんですか？」

マンショは頬に手を当てた。

「どうなんだろう？　でも、死ぬほどの苦しさではないんじゃないかなあ……」

太郎はつぶやく。

「死なない病気は我慢した方がいいですよね。会社に出社すべきですよね」

マンショは二重表現をした。

「あははは、そうだよなあ。僕だって、死なない風邪では仕事しているもんなあ。年に二回くらい風邪をひくけど、マスクして出勤しているよ。日本はマスクが浸透しているからいい国だね。マスクしていれば体調が少しくらい悪くても仕事できるもんな。周りに気を遣っています、マナー意識あります、っていうアピールもできるし。僕は肺炎でも仕事したんだよ、マイコプラズマ肺炎でも」

太郎はカラカラと笑った。

「え？　頑張りましたね。マイコプラズマ肺炎って、オレは大学のときに罹《かか》ったことあって、一週間入院しましたよ。苦しくて苦悶しましたよ」

マンショは胸に手を当てた。

「あははは、そう、結構苦しかったんだけど、休めなくてさ。一度、休日診療やっている病院に行ったんだけど、『風邪かなあと思います。今日は日曜日で機器が使えないから詳しい検査ができないんで、しばらく様子を見てください。ひどくなったらまた来てください』って言われて、あれは誤診だったのかな。何度も病院に行く時間なんて、会社員には作れないよな。でも、その二週間後にちょっと時間作れそうになったから会社を早退して、病院で念のために検査したら『マイコプラズマ肺炎です』ってなって、『でも、もう、ほぼ治っています。症状はなくなっているみたいなので、このまま仕事して大丈夫です』って言われて、結局、続けて仕事した」

太郎は胸を張った。

「頑張りましたねえ。耐えましたねえ。いやあ、これからはどうぞ、お体ご自愛ください」

マンショは拍手する。

「あはははは。過労かなあ、風邪かなあ、どうしたらいいんだろう、ってモヤモヤしていたら、結局しのげたんだよね」

太郎は肩をすくめる。

「まあ、死ぬ肺炎だったら怖いですけどね」

マンショは首を振る。

「新型肺炎だったら怖いよな。なんかコロナっていうらしいよね。流行はもっとひどくなるのかな？　でも、新型肺炎なのか、他の肺炎なのか、風邪なのか、自分でもなんなのかわからないのに休むって、上司にどういう報告の仕方したらいいんだよ。上司から同僚に休んだ理由伝わっていくとき、同僚にわかってもらえないよ。とにかく、同僚や後輩に仕事のしわ寄せがいくのは確かでさ、上司はともかく同僚とか後輩とかに迷惑かけるのは、あんまりにも悪くってさ、休めないよ。正社員の僕が好き勝手に休んだら、契約さんや派遣さんやアルバイトさんはどう思うだろ？　そりゃあ、『周りに感染《うつ》したら申し訳ないので』って言うけどさ、誰も信じないよ、感染るから遠慮しているなんて思っちゃくれねえよ。『つらくて休みたいから休んでるんだ』って思われちゃうよ。『つらくて休みたいから休んでる』なんて周りから思われたら死ぬしかないよな」

太郎は滔々と喋った。「新型肺炎の流行が世界的に広がっている」とニュースになって、旅行をキャンセルする人が増えたが、日常においてどの程度気をつけたらよいか、まだよくわからなかった。

「『気分で休みたがる奴』って思われたら死にたくなりますよね。『完全に仕事ができない体の状態だから休んでいる』あるいは、『完全に周りに気配りして休んでいる』っていう風に周囲から理解されないと、とても生きていけないですよ。理解されないんだったら、死ぬのが一番ベストですね」

マンショは、こくこく頷いた。

「あはははは。ＰＭＳってのも、まあ気分だからねえ。僕とは違う性別のことだから、責めてはいけないし、包み込んであげないとと思うけれども、もしも自分がＰＭＳになったら、周囲には隠すだろうなあ。自分の機嫌は自分で取らないと。それが大人ってものだろう。人前で泣いたり怒ったりする人は社会人失格だよなあ。自分で自分の機嫌を取って、周囲に毎日同じ自分の姿を見せることができてこそ大人だからな。それができない性別の人は本当にかわいそうだ」

太郎はデスクの上で手をパタパタ動かす。

「まあ、ＰＭＳは理解できないけれども、とはいえ、生理期間は労ってあげたいですね。だって、血が出るんですもんね。血が出るってやっぱり怖いですよ。生理休暇ってありますし、取得する人のことはもちろん応援するつもりです。ただ、生理ではまず死なないし、そもそも生理は病気じゃないから、そこは履き違えないようにしてもらわないと、本当の病気で休まざるを得ない人がかわいそうですよね。同じ性別の他の人は仕事している中で、生理休暇を取る人って、死にたくならないんですかねえ。いや、オレは応援しますけど、本人自ら休みを申請するの難しいですよね」

マンショは眉をひそめた。

「休むっていうのは自分で判断しないといけないからな。いくら制度があったって、『休みます』って言うのは自分だからね」

「なんで休んでいるのか、って、みんな、理由を聞きたがりますもんね。休んでも理由を聞かれないなんてことがあったら、奇跡的なミラクルですよ」

「あはははは。そう、理由がないと休めないんだよ」

「そうですよ。理由を理解してもらわないと」

「自分の気分や体調では休めないよ。さらに、周りに迷惑がかからない環境じゃないと休めないよ」

太郎はゆっくりと首を振った。

「そうですよね」

マンショは深く頷いた。

「僕はさあ、後輩がかわいいんだよ」

太郎はにっこりした。

「オレも、先輩を尊敬しています」

マンショもにっこりした。

「後輩に仕事は押し付けられないからな。僕は休まないよ」

「先輩♡」

「後輩♡」

と会話して、そのあとまたパソコンに集中し、しばらくしてからハンコを押しまくり、別のブースに移って会議をした。


それから一ヶ月近く経った夜、家に帰り、太郎がシャワーを浴びてからリビングルームへ行くと、

「やばいやばい」

と床が言う。

「何が？」

太郎はバスタオルで頭を拭きながら尋ねた。このところ、太郎は家に帰るとバスルームへ直行することになっている。新型コロナウイルス感染症「COVID-19」を起こすウイルス「SARS-CoV-2」が服や体に付いているのではないかと疑われ、シャワーを浴びて着替えをした後でなければ子どもを抱っこしてはいけない、と床から指示されたのだ。感染は世界中に拡大していて、死者も多数出ている。太郎もコロナがどんどん怖くなってきた。

「仕事、終わんないぞ」

床がうらめしそうな顔をする。

「なんでだろう。……さあ、おいで」

太郎は赤ん坊のマニに両手を伸ばした。

「マニはだいぶつかまり立ちが上手くなったよ」

床はマニを太郎の手にゆだねる。

「すごいなあ。……タルチョはどうだった？」

太郎が四歳児について尋ねると、

「タルチョは今日も大作に取り組んでいた。そして、さっき、やっと寝た」

床は寝室にしている和室を指差した。大作というのは絵か粘土かガラクタの工作のことと思われた。タルチョは毎日ひとつ作品を生み出さなければならないという使命感に勝手に駆られている。おやつのあと、「今日の作品を作らないといけない」とおもむろに立ち上がり、机に向かって制作を始める。タルチョは、頭の中にある完成イメージと、画用紙や粘土や牛乳パックや紙箱の上に現れるそれが違うことにまるで大芸術家のごとく悩み、癇癪《かんしゃく》を起こす。また、あり得ないところに部品を付ける想定をして「これを、ここにくっ付けたい」と地団駄を踏んだり、粘土がもっともっともっと必要だと怒鳴り声で主張したりするので、側にいる者は疲弊する。また、太郎が帰ってきたときにまだタルチョが起きている場合は、タルチョが納得するような言葉を選択しながら、ひとしきり褒めなければならなかった。

「大作って？」

太郎が尋ねると、

「それだよ。ブラックホールとバタフライ銀河」

床は壁に貼ってある大きな画用紙を指差した。黒い丸と、蝶々の形のもやもや、それから赤や青や黄色や紫のキラキラと尖った点々が絵の具によって描かれていた。

「おおー、いいなあ。この色とりどりの点々はなんだろう。星かな？　きれいだねえ」

太郎が点々に顔を近づけると、

「それ、コロナウイルスだよ。ちゃんと王冠みたいなトゲトゲがついているでしょ？保育園から送られてきた子ども向けの病気説明プリントに、そういう形のウイルスの図があったんだよ。タルチョは大人になったらマニと二人で剣《つるぎ》を持って宇宙へ行って、ブラックホールにコロナウイルスを吸い込ませてやっつけるんだって」

床は太郎の後ろに立った。

「ブラックホールは万能だなあ」

太郎がブラックホールと思われる暗黒のかたまりを見つめていると、

「ダーッシュワッワワワワエッエッ」

マニがぐずり始めたので床に再び抱っこさせた。マニは、一緒にいる時間の短い太郎の抱っこには慣れないのか、不快感を示すことが多く、長時間を共にしている床の抱っこですぐ泣き止む。マニがかわいそうで、太郎はいつも床に泣き止ませることを頼んでしまう。そうして、太郎はひとりでブラックホールと向き合った。タルチョはここのところ宇宙図鑑を読み込んでおり、特にブラックホールに心惹かれているらしかった。しょっちゅうブラックホールについて喋る。話を聞く限り、ブラックホールというものは嫌なものをなんでも吸い込んでくれるし、時空をゆがめるし、怖さと不可解さを併せ持つ素晴らしいもののようだった。

「床はどうだった？」

太郎が寝室へ続く引き戸を引いて、タルチョの寝顔を見ながら軽く尋ねると、

「仕事ができない。なんでだろうか」

床は再び嘆いた。

「コロナが流行って、経済が滞り始めているから、その波が来たんだろうか。保育園を休む子どもも増えて、リモートワークする人も増えて、でも、子どもと一緒に仕事している人は幸せそうだけどな。オンライン会議に子どもが映り込んだり……」

太郎が適当に喋ると、

「〇歳児と四歳児と一緒にいたら、自分はトイレにいく暇も、飲み物を口にする暇もない。一秒の休みもなく、命の安全を守り、教育の責任を負っているのだから、他の仕事ができるわけがない。今、自宅でのリモートワークが可能な親がいるとしたら、それは家にもうひとり大人がいて、その大人が子どもを見ているんだ」

床は淡々と語った。一週間前に全国の小中高校、特別支援学校の休校を政府が要請した。保育園は対象外だったが、タルチョの行っている保育園は医療やライフラインに関わる職業の親以外の子どもは登園を自粛する空気だったのでタルチョも小学生たちと同じ日から休みに入り、家で床とマニと過ごしている。マニも同じ保育園に来月入園予定なのだが、おそらく入園延期となるだろう。子どもを欲しがったのは床で、育児を楽しんでいるはずで、もともとフリーランスで出社の必要がないのに、この状

況では仕事ができないと言い張る。

「ああ、そうか。応援しているよ。僕にできることはなんでもするよ」

太郎はタルチョの隣へ行き、バタンと布団の上に倒れた。疲れ切っていて、バタンと倒れる以外のことはできない。

「できることをなんでもしてくれるのは知っているよ」

「うん、うん、そうだよね」

「でも、できることが少ないんだよね、だって激務なんだから。休みが少ないんだもんな」

床はマニを抱いてリビングルームの蛍光灯の光を背後から受けて立ち、逆光の顔で喋った。

「激務って言われるのつらい」

「なんで？　お給料のことじゃないよ。『休みが少なくて大変だね』って言ってるんだよ。『もっと頑張れ』って言ってるんじゃないよ、『頑張らなくていい』って言っているんだよ。大変だね、って言っているんだよ」

「おんなじことだよ」

「お給料は少なくていいんだよ。オレが稼げるからさ。仕事をする時間がありさえすれば、オレは家計を支えられる。オレはフリーランスだから、時間をやりくりできれば家でも仕事できるし」

「僕が育児するよ」

「でも、休めないんでしょ？」

「家にいる間は育児するよ。僕は家事や育児に理解があるんだ」

　太郎は寝返りを打った。

「理解があったって、疲れていたらできないんじゃないのか？　そもそも家にいる時間が少なくて、その上、家にいる時間はずっとぐったりしているし」

　床が指摘する。

「疲れに関しては、明日から我慢するから。床の性別が有能だからって、床の性別に甘えるわけにはいかない」

「いや、性別に有能も無能もない。それに、できないことを無闇に『できる』って言ってもらっても仕方がないんだって。まだ、『これはできない』ってはっきりと事前に教えてもらえた方が助かるんだよ。そもそも、太郎の能力の問題じゃないんだよ。休みが少ないのは、太郎個人の問題じゃなくて、社会の問題なんじゃないの？」

「僕が悪いんだよ。僕が育児を頑張れていないから、床が仕事できないんだよ」

　太郎は首を振った。

「いや、違うって、『自分が悪い』って太郎がいくら言ったところで、こっちはなんにも助からないんだって」

　床は床に目を落とした。

「イライラしているんだねえ」

　太郎は言ってみた。

「なんでそう思う？」

「ＰＭＳでしょ？」

「そうか、ＰＭＳのせいだと思うのか」

　床は逆光の顔のままうつむいている。

「そうだよ。仕方がないよ。床の性別のせいだよ」

　太郎は極力穏やかな顔をして見せた。

「性別のせいなのか？」

「そう、そう。床には波があるけれども、僕は平坦なんだから、僕が頑張らないと。僕が波を受け止めて、全部なだらかにして、僕が仕事も育児も頑張ればいいんだよ」

「そうかなあ？　そうかなあ？　？？？？」

　床は抱っこしているマニの首筋に顔をうずめた。

「なんでそんなに『？』を投げるのさ」

　太郎は床が投げたせいで布団の上に散らばった「？」を拾い集めて花束にし、本棚のひと隅にある花瓶に挿した。

「なんで平になるように努力しないといけないのかなあ？　波になるのは平になれないからなのかなあ？　本当は平になりたいのに失敗して波になっているのかなあ？」

「なんだそれ。だって、ＰＭＳのときは自分が自分じゃないみたいになるんだろ？それで、生理が始まったら、心が真っ直ぐに晴れやかになって、本来の自分に戻れるんだろ？　つまり、ＰＭＳっていうのはマイナスなものだろ？」

「いやあ、オレ、そんなこと言った？」

床は頭を掻いた。

「趣旨としてはそんなことを言っていた」

太郎は布団の上であぐらをかいた。

「うーん、間違っていたかなあ。本来の自分なんてものはないのかもな。玉ねぎみたいに、剝いても剝いても芯なんてないんだ。性格っていうのは『こう来たらこう返す』っていう型じゃなくって、環境の中でうねうね動くものかもしれないね？」

床は花瓶の中の「？」を一本つまんだ。

「そうしたら、型を見つけても仕方ないっていうの？　人間を理解するために、人間をいくつかの型にはめて、『いろんな種類があって、それぞれ大事だね』ってやることが大事なんじゃないの？」

太郎は左右の手をそれぞれの膝に置いた。

「いやあ、型はいらないんじゃないかな」

床は「？」の花びらをバラバラにしてしまった。

「そうなのか？　だったら、僕も波に乗らないと。僕は柔軟だからね。『今の時代は波乗りが大事』っていうんだったら、フラットから降りて、今度は波に乗らないとなあ」

太郎は顎をさすった。

「どうやって波に乗るのさ」

床はニヤニヤする。

「ＰＭＳに、僕はなる。ＰＭＳ王に僕はなる！！！！」

太郎は宣言した。すると、

「ああ、それなら、あそこにボードがあるよ。選ばれし勇者だけが波に乗れるという、あの伝説のサーフボードだよ」

床はマニを右手で抱き、左手で遠くを指差した。部屋の壁を越えたずっと遠くのようだ。

「え？　どこどこ？　ボード」

太郎はキョロキョロした。

「ＰＭＳ用のサーフボードに乗れば、ＰＭＳが始まるんだってよ」

床は繰り返す。

「どこにあるんだろうか？　そのＰＭＳ用のサーフボードは」

太郎は目を閉じてサーフボードを思い描いた。それはレモン色をした笹かまぼこ状のもので、海の上をしぶきをあげながら滑っていった。太郎はサーフィンをやったことがないが、ＰＭＳのサーフィンは海のサーフィンとはまったく違うものだろうから、乗るときに経験の有無は問われないだろうと思われた。

「高い山にあるんだよ。エベレストの麓《ふもと》あたりにある岩に刺さっているよ。選ばれし者がそのボードをつかむとするりと抜けるんだ。さあ、行くがよい」

床は遠くを指差したまま指導した。

「サーフボードなのに海じゃないんだってさ。山にあるんだってさ。あはははは」

太郎はマニに向かって笑いかけながら言った。

「いや、山も波だからね。地殻変動や火山活動によって、隆起と沈降が繰り返されて、山が生まれているんだ。地球ではずっと波が起こっているんだよ、陸地でも」

床はマニの尻に手を置いて、抱っこを安定させる。

「僕は山を登らないとＰＭＳが始まらないんだな」

太郎は憮然として言った。

「そうだ」

床は頷く。

「いいなあ、床は。冒険しなくたっていいんだから。生まれながらにしてＰＭＳを味わえて、波に乗れるんだもんなあ。床の性別には敵わないよ」

太郎は肩をすくめた。

「いや、オレも半年に一回、病院へ冒険していたんだよ」

床は反論した。

「なんだって、病院だって？　僕が一番嫌いな建物だ。床の性別はえらいなあ、病院が好きなんだもんなあ」

「いや、オレも嫌いなんだよ。でも、数年前までは、半年に一度行っていたよ。処方箋をもらわないといけないから」

「サーフボードをもらいに？」

「そう、処方箋を出してもらって、薬局でサーフボードをもらった。ピルって名前のね」

「そうか」

「子どもが欲しくなって飲むのを止めたけど、二十代のときは病院で処方箋をもらって毎日ピルを飲んでたんだよ。月に一度、数日間飲むのを止めると生理が来て……。

今はＰＭＳを和らげる目的でのピルの服用を推奨しない医者も多いらしいんだけど、そのときは医者からそう言われたんだよね」

「ふうん。今は飲んでいないんだ」

「飲んでいない。そもそも今は授乳中だから。それに、産後にまだ生理再開していないんだよね。そろそろ再開するんじゃないかなとは思っているんだけど……」

「じゃあ、今はＰＭＳがないわけ？」

「ないね」

「そしたら、このイライラはＰＭＳのせいじゃないんだね」

「ＰＭＳとは違うね」

「じゃあ、産後うつかな？」

「オレの場合は、違うと思う」

「そしたら、更年期か？　早発閉経っていうのもあるらしいし。あるいは、他に考えられるのは……」

太郎は額に手を当てた。

「なんでそんなにイライラと性別を繋げたがるの？　イライラと性別を繋げたら安心できるの？」

床はマニを抱き締めた。

「そうだよ。受け止めやすくなる。僕とは違うんだな、って。僕は強い性別だから、弱くてかわいそうな性別を受け止めてあげよう、って。性別のせいでイライラしているんなら、僕も優しくなれるんだよ」

「おごってんなあ」

「とにかくさ、なんでつらいのかわからないんだったら、とりあえず病院に行った方がいいんじゃない？　大変だね、床の性別は病院に行かなくちゃいけなくて」

太郎はなだめた。

「病院に行くの、気が重いなあ。そりゃあ、マニの予防接種で病院に行く予定はあるし、必要があればちゃんと行くよ。何か病気になったり怪我したりしても診療を受けるつもりだけどね。それにしたって、オレは病気の自覚がないのに、太郎から『イライラしているから病院に行ったら』って言われたという理由で受診するのはどうなんだろうね」

床はマニの髪を撫でる。

「そうだよな、今の時期はどきどきするかな」

太郎は頷いた。

「いや、いつだって、病院は冒険だよ」

床は胸を張った。マニは床の首の匂いを嗅いでいる。

「そうか」

太郎はマニの丸い頭を見た。

「子どもも産むときも病院に何度も行ったからね。これも冒険と思ったね。産むときも結構大変だったたからね」

床は続ける。

「みんなと同じことをやるのも冒険なんだな」

太郎は灯りから垂れ下がる紐のゆらぎを目で追う。

「そうだよ、親の看取りのときも思ったね。病院は冒険だね」

床ははっきりした声を出した。

「子どもを産んだり、親を看取ったりは、多くの人がやる普通のことなのに」

太郎は紐を見つめ続けた。

「そうだよ。普通のことだってそうなんだよ。だって、仕事も冒険でしょう？　太郎の会社勤めだってさ」

床はマニの背中をさする。

「いやあ」

太郎は頭を掻いた。

「仕事も冒険なんだよ。波乗りなんだよ」

床は断言した。

「いや、でもエベレストに登らないと」

太郎は遠くを見た。

「エベレストには、ＰＭＳの波が始まるサーフボードがあるからね」

床は目を瞑った。

「そう、僕は山に登るんだ」

そう言ったものの、外出自粛の圧力がどんどん高まっている折で、太郎も遊びはすべてキャンセルし、会社とスーパーマーケットの他にはどこにも行っていない状況なので、登山なんてただの夢に過ぎなかった。


さらにひと月が経つと、政府により緊急事態宣言が出され、登山どころか、仕事に行くのにも世間に対して後ろめたさを持つようになった。

二ヶ月前まではあった「微熱では休みにくい」という空気はあっという間に「微熱があるのに出社するのは不謹慎」という空気に取って代わられた。あきらかな食あたりやじんましんなどの別の病気でも、休むことが素晴らしいとされるようになった。病気を感染さないことが一番の優先事項になり、「自分が感染者のつもりで行動しろ」とあちらこちらの人が言う。「仕事を休め」「ステイホーム」と口々に叫んでいる。電車に乗る人に対する白い目があり、太郎は出社につらさを覚えるようになった。「出かける人は非国民」と思われているような気がした。

太郎の勤める会社は休業要請の対象になる業種ではなかったが、インフラ企業でもない。

医療機関や研究機関、スーパーマーケットや運送業、ゴミ収集業などの職業に就いている人にみんなが感謝していた。太郎も尊敬の念を抱いた。

一方で、そうではない職種の仕事に勤《いそ》しんでいる自分には居心地の悪さがあった。

中小企業への助成金もあるらしいが、同業他社が自粛を始める中で営業を続けたのでむしろ利益が上がってきたらしく、太郎が勤める会社の社長は休業しない方針を決めた。一応、できるだけリモートワークをし、出社する場合は社員同士でも距離を取ることが推奨されてはいた。フリーアドレスは廃止になり、それぞれのデスクが定められ、デスクとデスクの間を空けて配置された。

太郎の仕事内容ではリモートワークが難しい。太郎はほぼ毎日出社した。

政府が「一世帯あたり布マスク二枚」の配布を決定したが、莫大な金をかけていいのか、他の多くの国で現金が給付されているのに日本は布マスク二枚とはいかがなものか、もっと早い時期ならばまだしも流行の兆しから数ヶ月遅れで配布するのはあまり意味がないのではないか、世帯という概念で区切るのは国民の実態にそぐわないのでは、といった批判が溢れた。

「緊急事態宣言で休業要請が出ても、補償がなければ休めない」という声も大きかった。遊びたくて外出する人よりも、仕事のために外出する人の方が多い現状がある。子どもたちに学校を休ませたところで、親たちは仕事のために満員電車に揺られている。そして、働きたくて働いているというよりも、稼がなければ生きられないので働いているという面が強いので、補償がなければ外出を制限するのはなかなか難しいみたいだった。

そこで、政府から「減収世帯に三十万円を給付する」という案が発表されたが、線引きがわかりにくいこと、手続きが煩雑であること、世帯主に渡すことが不当であることなどでまた多くの批判が集まったため、それは撤回された。

次に、「国民ひとりあたり十万円を給付する」という案が出され、まだ批判はあるものの、そこに落ち着いていくようだった。

「でも、ひとり十万円の給付金がうちの家族にもらえたところで、太郎は休めないよね？　太郎はうちの運営のためじゃなくて、会社の運営のために仕事に行っているんだもんね」

床が指摘した。床は早起きし、太郎の出勤前に弁当を作っていた。〇歳児と四歳児がいるので、これまでは太郎の出勤時に寝ていたのだが、外食や中食のために外に出ると感染リスクが高まるのではないかということで、弁当を作るようになった。冷凍食品に頼った簡単な弁当だったが、ありがたかった。床が起き出すとマニも一緒に目を覚ましてしまうことが多く、おんぶ紐でおぶって台所に立つ。でも今朝はマニはまだ布団で寝てくれているみたいだ。

「まあ、休めないよね、ごめんね」

太郎はネクタイを締めながら頭を下げた。

「うちは、オレが働けばなんとか家計をやりくりできる。でも、太郎は休まず働いて会社に貢献しないといけないいんだよね。社会のためでもないいんだよな。社会を維持するために必要な仕事だっていう自負を持って、信念で続けてる、っていうなら、オレも素直に応援できるんだよ」

床が真っ直ぐに太郎の目を見た。

「うーん……」

太郎は答えられなかった。社会に必要な仕事だ、という思いで就労しているような気もする。これまでの人生でずっと、社会から必要とされる自分を夢見てきた。コロナ禍においても仕事をしているのは使命感のようなものがあるからではないのか。でも、「なんとなく」「人間関係にからめ捕られて」という理由が強いかも知れなかった。

「まあ、とにかく、結局のところは、フリーランスより正社員がえらいって思ってるんだよね。定収入信仰だよ。収入に波のある仕事は仕事と認めないんだよ。だから、『フリーランスで働いているパートナーの仕事のために、自分が働いている会社の仕事を休んで育児をしよう』とは思わないんだよ。逆のことは平気でできるのに」

床はミニトマトのヘタを取り除きながら畳み掛けた。

「正社員がえらいなんてまったく思っていないよ。非正規やフリーランスの人の方が大変だし、尊敬しているよ。正社員が得をする世の中で申し訳ないよ。ただ、僕は定収入を得るために、就職活動で努力したし、電車通勤も頑張っているし、社内の人間関係のストレスもしのんでいるし、時間も守っているし、つらい中で頑張っているよ。それでも正社員の方が良く見えるんなら、床も正社員になればいい」

太郎は反駁した。

「いや、正社員がうらやましいんじゃなくて、社員じゃない働き方をする人の地位を上げたいんだよ」

床は電子レンジで蒸したブロッコリーを弁当箱に詰める。

「うん、うん、わかるよ」

太郎は上着に手を通しながら焦った。朝は時間との勝負なので、議論をふっかけるのはやめて欲しかった。

「太郎は、『出社時間を守る』だとか、『取引先との約束を守る』だとかは大事だけど、オレが、『自分で決めた仕事の目標を達成したい』『自分で決めたスケジュールを守りたい』って言っても、ピンと来ていないし、他人との約束は守らなきゃいけないけど、自分との約束は破っていいと思っているでしょ？　それがフリーランス差別だよ」

床は弁当箱に蓋をする。

「うん、うん、わかるよ」

太郎は頷いた。

「会社の人間関係が大事なのはわかるけど、オレは自分との約束も大事にしたい」

床は弁当箱をランチバッグに入れ、箸も仕舞った。

「会社には、病気の親を支えている後輩も、自身が闘病中の同僚もいるんだ」

太郎は説明してみた。

「わかっているよ。太郎が休めば、同僚の方や後輩の方やアルバイトさんにしわ寄せが行くんだもんね。オレだって鬼じゃない。太郎は仕事に行くべきだと真に思っている。困っている同僚の分の仕事もやった方がいい。はい、仕事頑張ってね」

床は弁当を太郎に渡す。

「うん、ありがとう、ごめんね」

太郎は受け取り、肩掛け鞄に仕舞った。

「いってらっしゃい」

床は手を振る。

「あのさ、社長の奥さんがあちらこちらのドラッグストアをまわって社員の分のマスクを買ってきてくれたんだよ」

太郎は靴を履きながら言ってみた。

「……うん」

床は含みのある頷き方をした。

「何？」

太郎は言いたいことは言うように促す。

「それって買い占めじゃないよ」

「必要な分だけ買ってみんなに配っているんだから買い占めじゃないの？」

「そうだね、ごめん。でもさ、マスクを買うためにお店に並んでいるんでしょ？　店をまわったり並んだりするのって、感染確率を上げるわけだし、良いこととは思えないけどなあ。そもそも、『マスクをプレゼントしてガス抜きしよう』って政府と同じ発想じゃない？」

床は腕を組んだ。

「社員を思ってやってくれたことだと思うけどね。それに、社長だって、働かせたくて働かせているわけじゃなくて、働かせざるを得ない状況なだけで……」

太郎は真面目に説明した。

「そりゃそうだよ。決して社長を悪い人だなんて思わないよ。これまでの話を聞いていても、いい人なんだと思う。本当は社員を守りたいだろうし、休みにできるなら休みにしたいんだと思う。でも、自転車操業だから休業できないんだよね？　もしも十分な補償があれば休業の判断をするんじゃないの？　うちの家計も自転車操業で、オレが今働かないといけないんだけど。オレは家で仕事できるから感染確率上げないんだけど」

床は左手で右手首を掻く。

「ひどい言い方するね」

さすがに太郎も腹が立った。

「ごめん。だけど、太郎はうちのためじゃなく、会社のために働いているんだ、っていうのは言いたくなる。うちは、お給料をストップしてもらっても構わないんだから。世間では、『家族のために働いてくれています』ってパートナーの仕事を応援している人がいるけど、オレはそう思っていない。オレは、『社会のために働いています』っていう太郎を応援したい。だから、オレとしては、『会社のために働いています』っていう姿を、どう捉えたらいいのか、悩むんだよ。どうやって応援すればいいんだろう？　『自分は育児をしていて仕事ができなくて経済的に苦しい中、会社のために働くパートナーを応援する』っていうのを、自分の心の中でどう折り合いをつけてやっていけばいいのか、難しい」

「それは、ごめん。僕が悪い」

「マスクって予防の道具じゃないよね。体《てい》のいい贈り物だよね。『マスクをすれば感染しない』って本当に思っているわけじゃないよね、政府も社長もみんなも。『マスクを贈れば、不満や不安をなくしてくれるんじゃないか？』って思っているだけなんじゃないかな」

床は玄関の床のタイルの目地を見つめた。

「うーん」

太郎は空返事をした。電車に間に合うように家を出たかった。

「飼いならす道具として、マスクが丁度いいものに思えたんじゃないの？」

床は続ける。

「社長や社長の奥さんはすごく良くしてくれているよ。いい人たちだよ。僕が悪いんだよ」

太郎は説明する。

「オレだって、社長や社長の奥さんはいい人だと思っているよ」

「じゃあ、なんでそんなことを言うのさ？」

「だから、悪い人だなんて一回も言ったことない。いい人たちだって思っている。社会の問題だ、多くの会社が抱えている問題だ、って言っている」

「あとさ、コロナ手当をくれることになったんだよ。コロナの流行の中でも頑張ってくれているから、っていう理由で、社員に一律三万円をくれるって。僕は三万円いらないから、床にごちそうしてあげるよ」

　太郎は臨時収入の予定を伝えた。

「いらないよ。確かに、社長や会社の人たちは、いい人だと思うよ。でも、それとは別に、うちの事情を言えば、だったら、オレが太郎に三万円あげるから、オレに仕事をさせて欲しいよ。うちはもともと頼んでいなかったけれど、このコロナ禍で、実家の親やベビーシッターさんにも頼めなくなって、多くの人がパートナーと育児をしているらしいよ」

「だから、休みの日は僕が育児をするから、床が仕事をしなよ」

「ただ、それでもオレは仕事が終わらないんだ。だって日曜と隔週土曜だけじゃんか。しかも、お互い、休みをまったくなくす、ってことだよね。太郎は毎日ぐったりしているのに」

　床はまだ床を見ている。

「小さい会社で働きながら小さな子どもを育てている人はみんなそうだよ。頑張ろう」

　太郎はにっこりした。そこで、

「アゥワウウキャワ、ウウ、ウウーン」

　マニが泣き出したので、

「あ、大変。……じゃあ、いってらっしゃい」

　床はそう言い置いて寝室へ向かった。

「いってきます」

　挨拶したものの、マニの泣き声を聞きながら、しばらくひとりで玄関に立っていた。

　太郎は大人になってからも叫んだり泣いたりしたことがある。だが、言葉を知って以来、ああいう声を決して出せなくなった。言葉ではない声を出すときも、言葉を前提にした声になってしまう。きっとマニも、あと数ヶ月で言葉に汚されてああいう声を出さなくなる。泣くときの声が変わってしまう。今だけの声が愛おしい。育児がしたい。仕事もしたいが育児だってしたい。本当の気持ちだ。タルチョもマニもたまらなくかわいい。大きくなってしまう前にたくさんの時間を共にしたい。世間から後ろ指を差されながら仕事をするのはものすごく大変だ。白い目は怖い。自分だって仕事の意義を見出したい。社会の役に立って、感染も防いで、子どもを育てたい。玄関のドアは重かった。

三年もすると、ワクチンが開発され、コロナは脅威ではなくなった。

だが、コロナ禍が去っても、多くの人がコロナ以前の生活に戻ることはできなかった。

経営破綻した会社もあったし、人員削減をした会社もあったし、路頭に迷う人がたくさんいた。

自分から辞める人もいた。最中は気を張って仕事を続けることができていた多くの人が、日常が戻ってしばらくすると突然離職した。英雄視されていた医療や研究に従事する人、物流やスーパーマーケットなどのインフラ企業に勤めていた人だけでなく、一般企業に勤めていた人も、糸が切れたようにプツッと辞めてしまう。

精神疾患を患う人や自殺者も増えたため、「十分な休暇を」という提言があちらこちらで聞かれるようになった。大企業では経営者が残業や休日出勤、有休の未消化、休暇取得の際に理由を言わせることなどに目を光らせた。すると、社員を休ませ、健康維持や勉学や介護や育児といった仕事以外の時間を大事にさせることによって、むしろ利益は上がるということが見えてきた。やがて、中小企業にも、「理由を聞かずに十分な休みを取らせる」ということが浸透していった。

さらに五年も経つと随分と休みが取り易くなった。

もちろん、まだまだばからしい出社はあり、意味のないハンコも時折押されるが、「休みを取るように」と上司から指示されるという、コロナ以前には考えられないことも起きた。

太郎はその雰囲気になかなか馴染めなくて、有休を消化せずに過ごしてしまっていたが、ある朝、ミーティングで、

「うちの会社も『二週間休暇制度』を来年から導入することになったので、各自、取得してください」

という驚きのセリフが直属の部長の口から出て、「そうか」とついに思った。

そうか、僕も休んだっていいんだ。

「二週間休暇制度」というのは、勤続三年以上の者が毎年申請できる制度で、連続して取っても、飛び飛びで取ってもいい休みだという。簡単なサバティカルのようなもので、上司や同僚はマナーとして、決して「有意義に休みを使え」といった挨拶をすることなく、ただの充電でもいい、何もしなくても構わない、という態度を取らなければならない。

休みたい気持ちは常にあったはずだが、いざ休暇を取ろうと考えると恐怖が湧いてくる。育児をするか、でも、子どもたちは大きくなってきた。もっと小さかった頃に

休んでいたらどんなに喜ばれただろうか。いや、マニはまだ遊んでくれるだろう。でも、タルチョはどうだろうか……、と考えながらエレベーター前の自動販売機に飲み物を買いにいくと、マンショと出くわした。

「『二週間休暇制度』って聞いた?」

コインを入れながら太郎が話しかけると、

「聞きましたよ。世の中、変わるもんですねえ」

マンショは缶コーヒーを手に太郎の方に向き直る。マンショは三年前に太郎とは別部署へ異動になっていたので、雑談は久しぶりだった。

「どうする? 僕たちネクタイラバーには難しい問題だよなあ」

どうせマンショも戸惑っているだろう、と思ってニヤニヤしながら尋ねた。

仕事着しかクローゼットになくて、休日も仕事着かあるいはパジャマで過ごす人間のことを、世間ではネクタイラバーという蔑称で呼ぶようになっている。ネクタイではなく作業着しか持っていない人のこともネクタイラバーと揶揄《やゆ》するので、肉体労働に誇りを持っている人は傷ついていた。休まずに仕事をせざるを得ない人もいるというのに、ひとくくりにされて嘲笑を浴びる。昔はホワイトカラーとブルーカラーの間に壁があったが、今は普段着と仕事着の分断の方が強烈だ。遊べる余裕のある人が、遊べない人を指差し「遊ぶべきだ」と啓蒙しようとする。休日用のおしゃれ着、さらには釣りやスキーなどのレジャーの専用服を持っている人を尊敬しようとする。遊べない人間を差別する空気も問題視され始めた。

「そうですねえ……」

マンショは缶コーヒーの表面に描かれている山の絵をしげしげと眺める。

「長期休みなんて夢のまた夢だと思っていたからなあ」

太郎はエナジードリンクを購入する。

「オレは自然に目覚めちゃうかもしれません。実は、来月の土日を使って、富士山に登る予定なんですよ。山に登山したら、自然の世界の、本当のリアルがわかるかもしれません」

マンショは缶コーヒーにプリントされた山の三角形を親指の腹で撫でた。

「あははは。いいなあ」

太郎はぼんやりと相槌を打った。

「登山、興味ありますか？」

マンショは缶コーヒーに口を付ける。

「ああ、うん」

太郎は頷いた。ＰＭＳになるためのサーフボードを手に入れる予定だったことを思い出した。太郎は八年前のコロナ禍の中で、床に「僕は山に登るんだ」と言ったのだ。

しかし、その後、日常が戻っても、高尾山のような低い山にさえ登っていない。

「オレは登山家の友人と一緒に登るんですよ。今夜、その友人と、その友人の友人と、三人でオンライン飲み会やる予定なんですけど、良かったら先輩も一緒に飲みませんか？」

マンショは軽く誘ってくれた。飲み会はリアルな店に集まる方が楽しいのは当たり前だが、スケジュール調整や移動の難しさを和らげてくれるオンライン飲み会はコロナ以降もよく行われている。

「おう、いいな。ぜひ、参加させてくれ」

太郎はエネルギーをチャージしながら片手を挙げた。


夜、家族を起こさないように廊下の隅へ行き、あぐらをかいてタブレットを抱き、予《あらかじ》め送ってもらっておいたミーティングＩＤで入室すると、登山家のエヌと、その友人の芸術家ワイとマンショがすでにそこにいた。四分割の画面で自己紹介し合った。太郎はコロナビールとアタリメで乾杯した。四人でワイワイと飲んでいると、三十分もしないうちに打ち解けた。

「太郎も富士山に一緒に行くか？」

エヌが誘ってくれた。四人で富士山に登ることになった。

富士山の標高は三七七六メートル。それでも高山病になる人はいる。気を抜かずに準備をするように、とエヌから指導されたため、その週の日曜に太郎は登山用品店に赴き、登山靴、防寒着、雨具、下着、バックパック、寝袋、ストック、ヘッドライトなどの登山用具をひと通り買い揃えた。

翌月の土曜、エヌとワイとマンショと太郎は駅前で待ち合わせ、バスで富士山へ向かった。美しい角度の三角が見えてきた。コロナ禍の年は閉山したままだった富士山だが、今夏は賑わっている。食堂に入り、ワイとマンショと太郎は「噴火カレー」という、富士山を象《かたど》ったご飯の上にルーとたっぷりの赤い福神漬けをかけたものを食べた。コップにご飯を詰め、それを逆さまにお皿にあけて作ってあるようだ。山というのは静かに見えても中ではマグマが波打っていることがある。噴火で亡くなる人もいるというのに、際どいネーミングだなあ、と思いつつスプーンを動かし、腹を満たした。エヌだけ山菜そばをすすっていた。その後、吉田ルートの五合目から登山を開始する。

よく晴れていて登山にうってつけの日だ。牛乳をこぼしたような雲が薄く青空にかかっている。木や草が新しい酸素を吐き出す。

雑談を交わしながら登るのかと思いきや、エヌは最初から真剣だった。一定のペースで黙々と足を動かす。三人はエヌのあとをついていく。エヌは終始軽い足取りだったが、他の三人はだんだんと苦しさを覚えるようになった。ただ、苦しさは快感にも繋がっていた。リズムに乗り、呼吸が整うと、楽しくなってくる。足や息に意識が行く。右足、左足、右足、左足、とテンポよく前に出す。すう、すう、はあ、はあ、と息もリズミカルにしなければ足が動かない。息と歩行の調子が合う、思索も捗《はかど》る。

歩いている最中はほぼ無言で、会話は必要最低限のものを交わすだけだ。四人でいてもひとりみたいだった。それが心地よかった。足のリズムと息のリズムと体のしんどさが相まって、思考の流れがどんどんハイになっていく。仕事のアイデアが次々に浮かび、帰ったらあれをこうしよう、そのあとこうしよう、と考えがするすると繋がっていく。

一時間ごとに十分くらいの休憩を入れた。それぞれがちょうどいい岩を見つけて、ばらばらに腰掛けてチョコレートバーなどの「行動食」をかじる。標高が上がるに従って木や草が減り、岩や石が増えていく。

七合目の休憩でマンショが、

「どうも、頭痛が痛いです」

両手の人差し指をこめかみに当てた。

「あははは」

太郎が笑っていると、

「高山病かもしれない。水を十分に飲もう。無理しないで下山した方がいいかもしれない」

エヌが近寄ってきた。

「たぶん、大丈夫だと思うんですけど」

マンショは水を飲み、しばらく遠くを見ていた。

「本当に大丈夫か？」

十分ほど経ってから太郎が尋ねると、

「ちょっと楽になってきたんで、行けます」

立ち上がったマンショは頭痛を訴えたときよりも表情が和らいでいた。

「じゃあ、行くか。つらくなったら、すぐに言って」

エヌを先頭に、みんなで登山を再開する。

八合目の山小屋で一泊する。高地に順応するために軽く歩き回った方がいい、と聞いたので、夕方、山小屋の前をマンショと二人でぶらぶらしてみた。

「さっきの『高山病かも』ってどんな感じだった？」

太郎が尋ねると、

「まあ、軽いものだったので、そんなにつらくはなかったです。頭の上に重石《おもし》が載って、暗い考えがちょっと浮かんでくる感じですかね。痛さとしてはそんなにひどくなくて、しのげる程度でしたけど。風邪にも似ているのかなあ。でも、今は楽になってきました。本当の高山病はこんなもんじゃないと思いますけど。ひどくなったら、引き返す判断もしないといけないですね。というか、ひどくなる前に判断しないといけないらしいですよね。死ぬ場合もあるから。まあ、今回は行けると思うんですけど」

マンショは答えた。

やがて、明るい夕空に大きな月が上がった。

早々にハンバーグの夕食を食べて眠り、翌朝は三時に起きて登山を再開した。

「満天の星空ですね」

「あははは」

雲より高い場所から眺める空は実に清らかだった。

途中、夜が明け始め、山肌から朝日が上がってくる。これを「御来光《ごらいこう》」と言うらしい。山頂で見るのが乙だとされているようだが間に合わなかった。

すっかり明るくなってから山頂に着いた。山小屋でカップラーメンの昼食を取る。それから、旧噴火口の周りをぐるりと歩く「お鉢巡り」をした。

富士山は活火山だ。ここからどろどろとした熱いものが出てきたことがあったのだなあ、と穴を見ながら噴火を想像する。地球の生理のようなものか。人間にとっては怖いものだが、地球にとってはときどき出さなくてはいけないない大事なものなのだろう。

思えばコロナウイルスだって、人間と自然が関わっていく中で広がったものだ。人間が増えて自然との距離が縮まったせいで人間にも感染してしまったが、べつにウイルスは悪くない。自然は良いも悪いもなくただ波打っている。

下山は須走口《すばしり》から行った。「砂走り」という、砂がいっぱいの箇所がある。

「うわあ、幻のイリュージョンですね」

マンショは鼻の穴に砂が入ったらしく、ティッシュでかみながら、砂でぼやける風景を見つめている。

「あはははは」

太郎は愉快な気分で下り始めた。砂の坂をジグザグと小走りするのは面白くてたまらない。スキーのような爽快感だ。砂だらけになるので登山靴をスパッツで覆い、砂が入らないようにする。

舞い上がる砂でもうもうとなっている中、エヌやワイやマンショの姿が夢のごとく消えていく。


その一ヶ月後、エヌから「自分は三年後のエベレスト登頂を目指している。足慣らしのために来年ベースキャンプまで登ってみようと考えている。良かったら、ワイとマンショと太郎も一緒にまた四人で登らないか」という誘いがあった。マンショはすぐに「行く」と返事をしていた。登山初心者のマンショも行けるのなら、自分だって行けるに違いない、と太郎は考えた。しかもマンショは富士山のときに軽い高山病のようになっていた。それでもマンショは行くと言っていて、エヌも承知しているのだ。自分が行っても構わないだろう、と考えた。しかし、怖かった。

エベレストの標高は八八四八メートル。富士山の倍以上ある。もちろん、そこまで行くのにはたくさんの経験も特別な装備も必要なので太郎には絶対に無理だ。ベースキャンプの標高は五三六四メートルで、頂上に比べればぐっと低いが、草も虫も生きていけない、氷と岩だけの世界だ。そこまでだって、太郎には厳しい。

その後、エヌは、「ベースキャンプまではやっぱり難しいかもしれない。目標は、ロブチェにするのがいいように思う。行けてゴラクシェップだろうか」と言ってきた。ロブチェは標高四九三〇メートル。高所順応のために、数日かけてゆっくり登っていく。体が高所に慣れれば、高山病にかかる危険は減る。ポイントごとに山小屋で宿泊しながら進む。ルクラ標高二八四〇メートル、モンジョ標高二八三五メートル、ナムチェ標高三四四〇メートル、タンボチェ標高三八六七メートル、パンボチェ標高三九八五メートル、ディンボチェ標高四三五〇メートル、トゥクラ標高四六二〇メートル、ゴラクシェップ標高五一五〇メートルと、それぞれの地点の山小屋に泊まって睡眠を取り、高所に慣れていく。

行きに十日、帰りに十日要するとのことで、二週間の休みに有休をプラスして、合計二十日の休暇を取ることにした。こんなに長い休みを取得するのは、入社以来初めてだ。太郎は、家族とも三泊以上の旅行に行ったことがない。ハネムーンだって台湾への二泊旅行だった。

「行っておいで。人生のためだから。サーフボードが手に入るといいね。その代わり、再来年はオレが二週間休みを取ってシンガポールに行く。勉強したいことがあるから」

床はその話を聞いてニヤリとした。

「ありがとう。もちろん、再来年は床が行ってきなよ。床だって冒険しないとな。僕は再来年も二週間休みを取って、今度は育児をしよう。これからお互いに毎年休みを取って、勉強と育児を年ごとに交代でやろうか？」

太郎は頷いた。シンガポールに行きたい、という話はこれまでに何度か床の口から出ていたが、夢の話だと思って聞き流していた。

「いい考えだな。勉強したいことはまだまだあるんだ。カナダとかスイスとか行ってみたいところもたくさんあるし。でもさ、育児の年に、太郎、本当にタルチョとマニと三人で過ごせるか？」

床は訝しんだ。

「もう二人とも大きいしね。タルチョは簡単なごはんなら作れるし、マニだっていろんなことがひとりでできるようになったもんな。僕は前から育児をしたかったんだ。休みがなくてできなかっただけなんだ」

太郎は自分の手を見つめた。

「じゃあ、そのときはよろしく。二人とも勉強もしないといけないから、家事ばっかりさせたらよくないよ」

床は太郎の肩を叩いた。

「わかっているよ。僕は本当は、料理ももっとできるようになりたかったんだ」

太郎は頷いた。

会社への申請はもっと簡単だった。マンショとは別部署のため、同時に休みを取ることはそれほど会社に打撃を与えないはずだった。部下に休みを取らせないと責任問題になるらしい部長は、休みを取得したい旨を太郎が伝えると、ほっとした顔をした。

休むことの恐怖はなくなった。それで、「登山中にみんなの足を引っ張ること」が代わりに怖くなった。高山病や滑落などにより自分が弱ったり死んだりすることよりも、「みんなの足を引っ張る」ということに震える。のろのろ歩いてみんなのスピードを落とさせたり、ガックリと体調を崩してみんなに介抱させたりすることになってはいけない。「自分はもうみんなについて行けない。ここで登山をあきらめて、ひとりで引き返す」という判断を、完璧なポイントで下さなければならない。自分は下せるだろうか。

それまで頑張ってきた道程があるのに、「ここであきらめる」というポイントが自分でわかるのだろうか。エヌから、「太郎はここであきらめて、もう戻れ」とみんなの前で命令してもらえたら助かる。そうしたら自分は従えばいいだけだし、他の二人にも納得してもらえる。みんながやる気に満ちているとき、まだ周囲からは元気そうに見える自分が「ひとりで下山する」と言い出せばみんなの士気を下げるかもしれない。言い出したくない。「あきらめる」という言葉を、しんどいのが嫌なだけ、楽になりたいだけ、とみんなから捉えられるかもしれない。

太郎は周囲からちょっとでもそう思われることに耐えられそうになかった。リーダーの大きな声で命令してもらえたらありがたい。

とにかく、足を引っ張らない準備だけはしっかりしておこう。パスポートの確認をし、インド大使館とネパール大使館でビザを申請し、装備を登山用品店で補充し、早朝にジョギングをして体力を養い、事前の心配事をひとつでも減らすように努めた。

出発の日、エヌとワイとマンショと太郎は成田空港で落ち合った。四人で飛行機に乗り、まずはインドのデリーに向かう。デリー経由でネパールのカトマンズへ行くのだ。

上手くトランジットを組めなかったため、デリーで一泊した。ナイトマーケットの中にあるレストランに入る。エヌは小食になっていて、パンだけを頼み、

「みんなは食べたいなら食べていいけど、自分はパンだけにする」

という。その趣旨は、「ここで腹をくだしたらばからしいから」ということだと推測された。だが、みんなに向かって「食べるな」とは言ってくれない。

そこで、ワイとマンショと太郎はカレーを食べた。会社員のマンショや太郎にとっては、インドはそんなに簡単に来られる土地ではなく、カレーを食べなかったら後悔が残るだろうと思われたからだった。水やフルーツはさすがに我慢して、持参したミネラルウォーターで喉を潤した。カレーを食べる三人を、エヌはにこにこと眺めていた。

ホテルに一泊して、翌朝デリーからカトマンズへの国際線に乗ると、

「やっちゃいましたよ」

マンショが漏らした。

「どうした？」

「腹が腹痛です」

「あははは」

笑い事ではないのだが太郎は堪えられなかった。

「まあ、大丈夫です」

「僕が持ってきた腹痛の薬あげようか？」

「いや、もともとお腹こわしがちなんで、慣れている薬があるんです。バックパックに入ってるんで、あとでそれを飲みます」

「そうか」

「まあ、そんなにひどくないんで大丈夫だと思います。でも、カレーはやめておけば良かったな」

マンショは腹をさすりながら目を瞑り、天井を仰いだ。

「うん、うん、わかるよ。腹痛ってつらいよな。ひどくなったら、教えてね」

太郎は労った。

カトマンズに着いて一泊し、翌朝に国内線でルクラに飛ぶ。そこでガイドをしてくれるシェルパのパサンさんと合流した。シェルパはネパールの少数民族のひとつで、ヒマラヤ登山の案内役を仕事としている人が多い。

登山靴に履き替え、装備を整え、登山が始まった。コロナ禍のときはできなかったことが今はできる。幸福感を味わいながら地面を踏んでいく。

「あのシェルパ人のパサンさん、いい人ですよねえ」

休憩中、マンショがチョコレートバーをかじりながら遠くに座っているパサンさんの方に目を向けたが、シェルパはチベット語で「東の人」という意味だから、「シェルパ人」では「東の人人《ひとじん》」なので、やっぱり二重表現だった。

「あははは」

太郎は笑いながらも頷いた。パサンさんは寡黙ながら常に微笑をたたえて周囲に気を配る好人物だった。

ルクラは標高二八四〇メートル。まだまだ長閑《のどか》で、まるで日本の昔話のような風景だ。ピンクや黄色の花が咲く木で彩られた山々が重なる。しばらくは道も平坦で、登山というより山歩きだった。

夕方、モンジョに辿り着く。モンジョは標高二八三五メートル。簡素な山小屋で限られた物や水を使っての宿泊なので決して旅行気分にはなれないが、体は元気だ。

翌朝、ナムチェに向かって歩き出す。少しずつ坂道が急になり、登山の雰囲気が出てくる。ヤクと共に荷物を運んでいる軽装のシェルパたちにどんどん追い越される。

昼頃、ナムチェの街並みが見えてきた。ナムチェはナムチェバザールと呼ばれ、店が立ち並ぶ街だ。これより上ではもう買い物はできないので、必要なものがあればここで買っておかなければならない。

ナムチェは標高三四四〇メートル。高いところに来たという感覚は太郎にも湧いてきた。頭が重い感じや、だるさもある。高所順応のためにナムチェには二泊する予定になっている。

山小屋に着いた途端、マンショが、

「オレはここで待っています。これ以上は登りません。みんなは楽しんで登ってきてください」

と言った。太郎は呆気に取られた。簡単にあきらめられるのが不思議だった。それに、二泊するのだから、言うのは明日の朝でも明後日の朝でも良いはずなのに、なぜ今言うのだろう。

「わかった」

エヌはあっさりと答えた。そして、山小屋にチェックインした。

「じゃあ、留守を守っています」

翌々朝、手を振るマンショに見送られ、エヌとワイと太郎とパサンさんは登山を再開した。だんだんと木や花や虫を見かけなくなる。わずかにあるのは、地を這って生きる、背の低い高山植物だ。生物が生きていけない高さになりつつあるのだ。岩や砂ばかりの風景が続く。

タンボチェは標高三八六七メートル。厳しい環境になってきた。だが、美しい僧院があり、祈りと共に暮らしを営む人たちもいる。山小屋は簡素な造りだったが、食事はモモと呼ばれるギョーザのような料理があり、美味だった。エヌは警戒しているのかやはり小食で、ワイと太郎だけがモモを食べた。

翌朝、パンボチェを目指す。パンボチェは標高三九八五メートル。風景は荒れてきた。岩や砂ばかりで、人間が受け入れられていない土地だ。

登っても登っても景色が変わらないので、どれくらい登れているのか実感できない。道というものはすでになく、波打つ大地を登っていく。

世界は平坦ではなかったのだ、と太郎は思った。大地というものに平なイメージを抱いて生きてきたが、そんなことはなかった。

パンボチェに一泊し、翌朝、ディンボチェを目指して出発する。一番お喋りだったマンショがいないせいもあるが、会話はほぼない。荒涼とした土地を黙々と進む。息苦しく、高地だということを忘れて過ごすことが一秒たりともできない。岩の間を登り、砂塵を浴び、世界の果て感をひたすら味わう。

ディンボチェは標高四三五〇メートル。岩と石と砂の世界だ。山小屋に宿泊し、その夜、太郎は頭痛を感じた。

あ、次の脱落者は自分だ、と太郎は気がついた。エヌとワイはまだ元気そうだった。では、なんて言おう？　いつ言おう？

だが、朝になると回復を見たので、みんなと登山を再開してしまった。それなのに、一時間もしないうちに調子の悪さをまた覚えた。

頭が重く、体がだるい。すう、すう、はあ、はあ、と息のリズムに集中しながら、床のことを考える。床には冷たいところがある。相手を論破することに快感を覚えるタイプで、ひたすら攻撃を楽しむ。コロナ禍のときもひどかった。太郎の仕事をまったくリスペクトしておらず、太郎の雇用者や上司や同僚や後輩をばかにした。許せない。帰ったら離婚したい。そうだ、離婚しよう。ドアを開けたらすぐに言おう、

「離婚したい」

ぽつりとつぶやいた。ヒマラヤくんだりで何を言っているんだろう、と太郎は思う。だが、床のことを許せない気持ちはどんどん膨らんでいった。他のことを考えようと好物の醬油ラーメンを頭に浮かべたが、しばらくするとまた、「床！　床！　床！あいつ！　許せない」という思考になってしまう。

トゥクラで小休憩を取る。トゥクラは標高四六二〇メートル。そこからすぐのところに「トゥクラの坂」と呼ばれる難所がある。それを見たときに思った。

ここがポイントだ。

もう、エヌやワイに、自分はついていけない。坂を登っている途中で伝えるのは難しいから、登る前に言わなくてはならない。

「僕はディンボチェに戻って、待っているよ」

太郎はエヌとワイに伝えた。

「わかった」

エヌは頷き、

「気をつけて」

ワイは手を振った。そして、エヌとワイとパサンさんの三人は坂道の上に消えた。

太郎はひとりで黙々と下山を始めた。すると、だんだんと周囲の人が減っていった。

下山をする人は早い時間帯に下り始めるのだ。こんな中途半端な時間にディンボチェに向かって下る人はいないのだ。周囲の登山客はみんな登りで、太郎だけが逆行している。そして、登りの人たちの多くが昼頃までにはトゥクラに着く算段で登っているのだから、逆行すれば、登りの人たちもいなくなってしまう。

やがて太郎以外の人間が誰もいない世界になった。

歩いても歩いても景色が変わらない。道ではなく、ただの荒野をひたすら歩いている。空はオレンジ色に染まっていく。日はどんどん沈む。薄暗くなって視界が狭まり、寒さも強まる。太郎はバックパックにぎゅうぎゅうに小さくして詰めていたダウンジャケットを引っ張り出して着た。

頭痛はひどくなり、体はだるくなる。高山の日差しは強いので顔がかなり日焼けをしており、皮が剝けた鼻が痛い。はっきりと体調の悪さを感じる。そして思考の流れの淀みを覚える。倦怠感は時間に比例してひどくなり、悪い方へ悪い方へと思考が流れる。

もうディンボチェに着く頃だと思うのに、まったく辿り着かない。ひと筋の灯りぐらい見えても良さそうなのに、一滴の光もない。人どころか動物の気配もない。

道を間違えたのかもしれない。このまま進んでもいいのだろうか。道標などあるわけもなく、人もおらず、岩と砂ばかりで目印になるようなものは何もない。夕闇が迫っているので、引き返したらトゥクラに着く前に真っ暗になるはずで、とても引き返せない。進むべきか退《ひ》くべきかわからない。だるくてたまらず、休憩したいが、休んだらあっという間に暗くなって、前が見えなくなる。夜は怖い。

ここで野たれ死ぬのではないか。そうだ、僕みたいな人間はここで野たれ死んだ方がいい。迷惑をかけずに済む。ここで死んで誰からも見つからなければ、床に葬儀の手間も金の負担もかけずに済む。

きっと床はせいせいするだろう。これまでもずっと僕のことは嫌いだっただろうし、床は家計を支えるのも育児も家事も社会的判断もひとりでやれるだろうから、困ることなんて何もないだろう。

ああ、つらい、つらい、つらい、と思いながら、なんとか足を動かす。ふと、少し先に転がっている岩の合間に、レモン色が見えた。

「あ」

長らく声を出していなかったので、ガラガラした「あ」になった。

岩に駆け寄る。確かに、サーフボードだ。そっと触れる。太郎はサーフィンをやらないのでサーフボードというものに触るのは初めてだが、これは確かにサーフボードだ。半分しか見えていないが、サーフボードとしか思えない形をしている。ただし、とても小さい。ハッピーターンという煎餅《せんべい》くらいの大きさだ。あるいは、これも煎餅だが、ばかうけくらい。または、ギョーザか。とにかく、見えている部分は五センチ程度で、これが半分だとしたら全長十センチであり、リスかネズミがサーフィンをするということになる。触った感じは、傷だらけで、がさがさしている。レモン色もところどころ褪《あ》せている。使い込まれたサーフボードのようだが、リスかネズミが本当にサーフィンをしたのか。ここには海どころか川もないが、岩肌か砂地をサーフィンしたのか。

そして、岩とサーフボードは完全に合体している。境目のところを指で触ってみる。まるでセメントで固めたようにきっちりとはまっている。どうやって抜けば良いのか。床は「選ばれし者がそのボードをつかむとするりと抜けるんだ」と言っていたが、抜けそうにはとても見えない。

それでも太郎はサーフボードを手で摘んだ。指に力を入れる。ふっと一瞬、ボードが熱くなったように感じた。するりと抜けた。思っていた通り、全長十センチ程度で、菓子のような風情のサーフボードだ。

ちょっと考えてから、太郎はサーフボードを地表に置いた。そして、登山靴を履いたままの足をその上にそっと載せた。

どっどっどっどっどっどっどっどっどっどっどっどっどっどっどっどっどっどっ、ざっっっぱあーん。

波が来た。ＰＭＳの波だ。太郎は激しく転んだ。

ひとしきり痛みに酔い、それから起き上がり、サーフボードを拾ってバックパックのウエストベルトのポケットに仕舞った。

僕はＰＭＳになった。そう思いながら一歩を踏み出す。すると、先ほどまでの高山病と似たような倦怠感が太郎を襲う。ＰＭＳだ、ＰＭＳがとうとう始まったんだ、と考える。

思考がぐるぐるする。床に対する考え事がどんどん浮かんでくる。

床、床、床。悪かった。やっぱり、僕が悪かった。僕のせいで床は最悪な人生になってしまったな。僕ではない人と結婚していれば、床はもっといい仕事ができただろう。

床、ごめん。僕が悪かった。僕は最低の人間だ。涙が溢れてくる。ポタポタと顔を濡らし、日焼けで皮が剝けているところに染みる。泣くようなことではないと思うのに涙が止まらない。

それから、異常な食欲が頭から湧いてくる。空腹とは違う。腹からではなく、頭から食欲を感じる。何かを口に入れたい。できたら、小麦粉で作られた甘いものが食べたい。そういえば、床もPMSのときにそんなことを言っていた。こまめに何かを食べなくてはいけない、と。

とりあえず、行動食として持っていたチョコレートバーをウエストベルトのポケットから取り出し、かじる。いつも以上に甘さが舌に心地よい。腹に養分が行くと、イライラが少しだけ減少したように感じる。

自分が自分ではないように思える。そうか、僕は独立したひとりではなかった。世界の一部だ。波打っている世界に溶け込むと、自分も波打つ。人間は、波の一部なのだ。波として一波、また一波、足を動かす。そうだ、歩くのも波なのだ。

ようやく、灯りが見えてきた。

山小屋の前で、見覚えのあるシェルパが薪《まき》を運んでいた。

カタコトの英語で、今日も泊まりたいことを伝える。感じ良く受け入れてもらえて、部屋に案内される。礼を言い、ひとりになると着替えて、バックパックに入れていたカロリーメイトをかじった。異常な眠気を感じ、ベッドに潜り込む。眠る直前に、このイライラが原因で命を落とす人もいるだろう、とぼんやり思った。

翌朝、目が覚めたとき、頭がすっきりしていることに気がついた。そして、尻が濡れていると感じる。なんだろう。もぞもぞと手をパンツに差し込んでから顔の前に持ってくる。小窓にかかったサイズ違いのカーテンの隙間から差し込んでくる光があるが、あまりに淡くて色がよくわからない。だが、微《かす》かに鉄の匂いがする。そして、のっぺりとした感触がある。血ではないか、と気がついて、はっとして布団を撥《は》ね除《の》ける。頭が軽くなり、倦怠感は腹部に移っている。これも床から聞いたことがあった。

小窓に駆け寄って指先を見ると、赤く汚れていた。

生理だ。しまった、と思って、ベッドを見ると、シーツに血の染みが付いてしまっていた。血液の汚れは時間との勝負だと聞いている。太郎は、まずパンツにティッシュを五枚くらい丸めたのを挟み、そのあと、シーツをはがして水道場に持っていき、染みのところを石鹼で洗った。すると、シェルパがやってきて、

「気にしなくていい。洗っておく。新しいシーツを使うといい」

笑顔で汚れたシーツを持っていった。その後、新しいシーツを持ってきてくれた。感謝を伝える。

もったりとした鈍い痛みが腹にずっとあって動く気がしないため、朝食のあとは山小屋の前の岩に腰掛け、シェルパの子どもが祖父母と共に遊んでいるのを眺めていた。シェルパの大人たちはみんな質素な服だ。破れたところに継ぎをあてて何年も大事に

着ているような灰色の服を祖父母も両親も着ていた。だが、子どもはレースとリボンがたくさん付いた、お姫様のようにキラキラした新品の真っ赤なドレスを着ている。別に特別な日というわけでなく、毎日ドレスを着ているみたいだ。子どもは三歳くらいで、自身で創作したらしい歌をたどたどしく口ずさみながら踊っている。タルチョとマニが小さかった頃を思い出す。シェルパの大人たちは目を細めて熱心に子どもを見つめている。子どもがまるで光のようだ。世界の希望を背負ってくるくると踊り続ける。

昼過ぎに、ワイが山小屋に現れた。

「あれ？　どうしたの？　エヌは？」

太郎は岩から立ち上がった。

「エヌはパサンさんとゴラクシェップに向かっている。私はあきらめた。それで昨日はひとりでトゥクラに泊まったんだけれど、高山病もあるし、今日はちょっと下りて、ここに泊まることにした。おそらく、明後日にはエヌも戻ってくるんじゃないかな？」

ワイは汚れた顔でもそもそと答えた。

「そうか、大変だったね。高山病はどう？」

太郎が労ると、

「まああつらいけれど、想定の範囲内かも」

ワイは微笑する。

「そうか。ゆっくり休んで。……ときにワイ」

太郎は一歩近づいた。

「何？」

ワイはバックパックを肩から下ろす。

「急に生理になったとき、応急処置ってどうしてる？」

太郎は思い切って尋ねてみた。

「え？　そうだなあ、うーん、ティッシュを重ねるとか？　でも、どうしてそんなことを聞くの？」

「ああ、うん、うん、なんで聞くのかなって思うよね。それは、そうだよね。まあ、えーと、尻から血が出て……」

「尻から血？　怪我をした？」

ワイは心配そうな表情を浮かべた。

「いや、怪我ではなく……」

太郎は首を振った。

「病気？」

「いや、病気でもないんだ」

「病院に行った方がいいこと？　そういうの、私もどうしたらいいかわからないけれど、ここの山小屋の人に『病院に行きたいんだけどどうしたらいいか』って聞いてみたら？」

「いやいや病院に行く必要はないんだ」

「よくわからないけれど、ナプキンがあれば解決すること？」

ワイは怪訝な顔をする。

「うん」

太郎は深く頷いた。

「じゃあ、あげるよ。私、持っているから」

ワイはかがんでバックパックの下部にあるファスナーに手をかける。

「え？　持っているの？」

「うん、結構、予備があるから、十枚あげる」

「え？　いやいやいらないよ」

「なんで？」

「だって十枚も」

太郎は顔の前で手を振った。

「私は昨日で生理が終わった。日本に帰るまではもう生理来ないはずだから、使わないんだよ。荷物になるから、むしろもらってくれた方が助かる」

ワイは淡々と言う。

「そうなの？　じゃあ、ありがたく……」

太郎は礼を言いながら、「生理なのによくあんなに歩けたな」と感心した。

「ちょっと待ってて」

ワイは荷物の下の方でぎゅうぎゅうになっているポーチを無理やり引っ張り出し、その中から生理用ナプキンを何枚も摑んで取り出した。

「悪いね」

太郎は頭を搔いた。

「はい。えーと、昼用八枚と、夜用二枚でいい？」

剝き出しのナプキンを両手で摑んでワイが渡してくる。

「ありがとう」

太郎は恐る恐る受け取った。

「使い方はわかる？」

ワイはポーチを戻しながら聞く。

「えーと、教えてもらってもいいかな？」

太郎は頼んだ。パンツに貼るだけだろう、と思ったが、ナプキンの実物を触るのは初めてのことだし、予想外の形をしているかもしれない。

「まず、ラップを剝がす。それから、中身を出して広げて、接着面をパンツに貼り、羽の部分は裏側にひっくり返してパンツの外側に貼る。使用済みのナプキンは、さっきのラップかティッシュで包む。下界ならトイレの隅っこにあるナプキン入れに捨てるんだけど、山小屋にゴミを置いてくのはご迷惑だから、ビニール袋に入れて持って帰った方がいい」

ワイは丁寧に教えてくれた。

「ありがとう。とても助かった。到着早々にごめん。疲れているよね、おつかれさま。山小屋の人に挨拶に行こう」

太郎は頭を下げた。

「下りはやっぱり上りほどは疲れなかった。でも、ひと休みしたい。部屋に入れたら少し横になる」

ワイはそう言って、簡単に閉めたバックパックの片方のストラップを肩にかけ、山小屋のシェルパのところへ挨拶に向かった。

その後、夕方は別行動をしたが、夕食は一緒に食べた。高山病の体験や、ひとりで山を下るときの心細さを互いにポツポツ話し、共感し合った。

翌日は各自で無聊《ぶりよう》な時間を過ごした。少ない食事をし、ぶらぶらと付近を散歩し、日記を書いた。

その翌日にエヌとパサンさんが戻ってきた。

「大変だったね」

エヌは日焼けした黒い顔でにっこりした。

「おかえり。どうだった？」

ワイが尋ねると、

「ゴラクシェップまで行って戻ってきた。そっちはどう？」

エヌは簡略に答える。

「まあ、まあ。……あ、太郎は生理用品が必要らしくて」

ワイが太郎の方に顔を向けた。

「そうなの？　自分も持っているよ。あげようか？」

エヌは余計な質問をせずにバックパックを下ろす。

「エヌも生理だったのか？」

太郎は驚く。

「いや、予定日は重なっていなかったが、高所へ行くと予定が狂うこともあるから念のために持ってきていただけ。だが、あとは下るだけだし、万が一必要になってもカトマンズで買えるだろうから、もういらない」

エヌはバックパックを開いて巾着を取り出す。

「そうか、助かる」

太郎は礼を言った。

「はい」

エヌは五枚の昼用ナプキンをくれた。

ワイに十枚もらったときは多過ぎる枚数に感じられた。ナプキンというものは、軽量といえどもかさばるので、パッキングの邪魔になる。もっと少なくてもいいのに、と思った。登山の際のパッキングは、必要最低限の荷物にして、一グラムでも軽くしようとするものだ。ガイドブックも必要な箇所だけ破いて持ってきたぐらいだ。使わないナプキンなど持ちたくない。下山だって、登るときほどでないとしても歩くのはつらいから、荷物はコンパクトにしたい。だが、使い始めるとどんどんナプキンは減り、なくなったあとはどうしたらいいだろう、と不安になっていたところだった。

「ありがとう」

太郎はエヌのナプキンを受け取った。

結局、そのナプキンでも足らず、カトマンズでも買い足した。そして、股から血を流したまま、日本に着いた。

「ただいま」

自宅の玄関で挨拶すると、

「おかえりー」

床とタルチョとマニが口々に挨拶を返してくれた。離婚はしなかった。いつも通りの日々を再開した。


翌月からは出血がなかった。だが、ＰＭＳだけは毎月訪れるようになった。

太郎は、毎月一週間だけイライラする。持ち帰ったサーフボードをギュッと握って波乗りする。慣れてくると、イライラの乗りこなし方がわかってきた。そうして、イライラするのも悪くないな、と受け入れられるようになってきた。波があるから、波乗りできる。


その十年後に、政府はベーシックインカム（ＢＩ）の導入を決定した。

国民は毎月支給される十五万円を元に生活する。もっと稼ぎたい人は、それぞれ自分のやるべき仕事を考えて、収入を得る。昔と同じ仕事のやり方では稼げない。

というのも、仕事にロボットが入り込んできて、職場が大きく変化したのだ。休みを多く取る人が増え、オンライン会議も浸透した中、ＡＩがたくさんの仕事を担う。

ＡＩとＢＩ、そしてＰＭＳによって、太郎の生活は様変わりした。

太郎の会社にも、作業ロボットがやってきた。家にも、家事ロボットがやってきた。

太郎は波乗りに集中し、自分にできることを考えた。ロボットに取られた仕事もあるが、考え続ければ自分がやるべき仕事も家事もたくさんあった。

床はＡＩとタッグを組んで昔以上にいい仕事をするようになった。社会に溶け込んで波に乗る。


あるとき、太郎は病気になった。だが、この体調の悪さも波なのだった。

「床、ごめんね。これまでは床の仕事を理解できていなくて」

太郎はベッドの中で横になったまま謝った。

「あ、いやいやいや。理解っていらないんだよ。理解は捨てよう。ポーン」

床が理解を投げた。理解はキラキラ輝きながら波間に消えていった。

「わからなくっていいのか」

太郎は水中を漂う理解を想像した。

「わからなくっていいよ」

「分類もいらない？」

「いらんいらん。分けなくていい。人間を二種類に分けるなんてのもさあ、したい人はしたらいいけどさあ……」

「だって、わかるっていうのは、分けるってことなんだよ」

「だから、わからなくっていいんだって」

床は首を振った。

「ふうん」

太郎は唸った。

「もうロボットみたいになることは目指せないもんな。だって本物のロボットには敵わないからな。『気持ちを平坦にして労働を延々と続けていく』ってことにかけちゃ、ロボットはすごいからな。そりゃあ、労働は尊いよ。でも、ロボットみたいに労働するのはもう流行らないだろうな。時代っていうのは素晴らしいからね。人間らしい暮らしができる日が近づいているんだな」

床が太郎の足をさする。

「波乗りを続けないと……。できるだろうか?」

太郎は目を瞑る。

「ブラックホールが助けてくれるよ。嫌なことはブラックホールが吸い込んでくれるんだ。重力波が時空のゆがみを伝えるよ」

大人になったタルチョがまだそんなことを言っている。

「大丈夫だよ。波が助けてくれる」

大人になったマニが太郎の手に自分の手を重ね、そっと何かを握らせてくる。菓子のような何か。小さなサーフボードだった。

大丈夫だ大丈夫だ大丈夫だ大丈夫だ。

そう、ボードがある。サーフボード。

波があるから、波乗りできる。

ああ、キラキラキラキラと波が光っている。サーフボードよ、共に乗ろう、この美しい波に。波万歳。さらばフラット。ああ、僕は幸せだラッキーだ波があってどんなにいいか。平だったものがすべて波打ち始めた。太郎は波に乗って乗って乗って乗って乗りまくった。手を繋いで。床と手を繋ぎ、続いていく肌の遠くの誰かとも手を繋ぎ、世界のすべてと手を繋ぎ、体を新鮮にする血液の波を、空気感染をさせる空中の水分の波を、想像外の上下を繰り返す経済の波を、ぴょこんぴょこんと乗って楽しみ、気分で変化して、続いていく音楽に耳をすませ、手を打ち鳴らし、マスクの中で歌い、スーッと滑り、ときに跳ね……。

顔が財布

鯨塚葵《くじらづかあおい》は自分の顔が好きだ。この顔でずっと生きていこうと思っている。ぷっくりほっぺた、薄い唇、くっきり一重の目、まっすぐな黒い髪、全部気に入っている。ただ、写真は嫌いだ。嫌な思いをしたことがあるからだ。

数年前、勤め先の会社でとある商品を研究開発した。その商品を新聞で紹介することになり、葵がインタビューを受けた。その際、商品写真と共に、葵の顔写真も記事の横に掲載された。すると、それがスクリーンショットでインターネット上に拡散され、いろいろな人のブログやＳＮＳに載せられた。もちろん、芸能人みたいに大勢から注目されたわけではなくて、数人が載せただけだ。でも、葵はこの研究開発以外にトピックを持たない人間であり、また、変わった苗字ということもあって、名前の検索結果は新聞記事由来のものばかりで数年を過ごすことになった。「鯨塚葵」でインターネットを検索すると、検索画面の一番上には、「陰毛みたいな顔の鯨塚葵ってブスが新聞に載っていたので、俺の陰毛と一緒にここに載せます」という文言と共に、誰だか知らない人の陰毛数本の隣に自分の顔写真があるページが出るようになった。葵の顔に陰毛の要素は皆無だ。商品も、陰毛にはまったく関係しない。しかし、その

SNSにはたくさんの人から「いいね」が付けられていた。葵の顔に陰毛の要素があるかどうか、商品が陰毛に関係あるかないかといったことは問題ではなく、「陰毛」というパワーワードを安易に使うことにとにかく面白さを感じるという人がたくさんいるのに違いなかった。それが世の中というものなのだろう。

顔も名前も汚されたような気がした。インターネットが社会のすべてではないにしろ、この顔や名前で社会的な仕事を続けていくのがつらい。でも、改名や整形や化粧を頑張るのは悔しい。同僚や友人たちから、「自分の名前で検索したらだめだよ」「嫌なページは見なければいいんだよ」というアドヴァイスをもらったが、自分が見なくてもそのページは存在するのだし、自分が見ないことで解決する問題とは到底思えなかった。そもそも書き込みや転載をする人の方が悪いわけで、人を愚弄する書き込みや転載をしないように世の中を変えていくのが大事なはずなのに、なぜ自分の方が変わらなくてはいけないのか。自分は、自分の名前も顔も性格も行動様式も気に入っているのだから、変えたくない。

葵は、そのSNS宛に、突然連絡をして申し訳ないということ、新聞写真の無断転載は禁じられていること、こういうことをされてとても悲しいということ、文言はそのままでもいいから写真だけでも削除してもらいたいということ、削除してもらえない場合は弁護士に相談するということを綴《つづ》り、メッセージとして送った。すると、返信はなかったが、数日後に写真も文言も一緒にそのページから削除された。

そのSNSの主がどんな人なのか、葵にはわからないが、「意外と、小心者で、身近な家族や友人に対しては優しい人なのかもしれない」となんとなく想像した。遠くにいる葵が傷つくということに考えが及ばなかっただけで、根っからの悪人ではないような気がした。それでも、葵は許すことができなかったし、この先の人生で自分の写真嫌いが治ることはないと思えた。また、その一番嫌なページがなくなったのでつらさが軽減されたとはいえ、他にも葵の容姿に対する悪口があるブログやSNSは数件あって、それらはネットに残り続けた。

それ以降、葵は写真を避けるようになった。仲の良い友人には「写真が苦手」と伝えてあったので、撮られることはほとんどなかった。知り合い程度の関係性の人には、いちいち「写真が苦手」と伝えるのは難しく感じられたので、撮られることがあったが、それでもいわゆる集合写真の他は、スマートフォンを向けられたらそうっとフレームから外れたり、ちょっと俯いたりしてきたので、正面アップの写真はまずない。

結婚式でも極力写真を撮らなかった。子どもが生まれたあとも、パートナーと子どもの写真はたくさん撮ったが、自分と子どもが一緒に写るものはほとんどない。

写真を撮らなくても、自分の顔と対峙するシーンは生活の中にある。洗顔やトイレの際に鏡に向き合ったし、街を歩いていればショーウィンドウに映ることがあったし、地下鉄の窓に自分の顔を見ることもあった。そういうとき、葵は、「いい顔なんだけどな」と考えた。自分の顔を悪くは思えないし、嫌だとも感じない。自分で見る分には、この顔になんの問題もない。葵は自分の内面と向き合うのが好きなたちなので、自分の顔を見つめながら考えごとをするのにむしろ楽しさを覚える。

社会的なシーンで、人から顔を問題にされるのが嫌なだけだ。決して顔がコンプレックスなのではない。人からジャッジされたり、性的に愚弄されたり、生きる活力を踏みにじられたりするのがつらいだけなのだ。

人からのジャッジがつらいだけというのは、つまりは、ロボットから顔を見られるのは平気ということだ。

顔認証システムでスマートフォンのロックを外すのは面白かった。スマートフォンのカメラを自分に向けると、さらりと鍵が外れ、パスワードの入力なんて不要で、すぐに調べ物もコミュニケーションもできる。顔だけで、自分というものが証明される。顔だけで、世界が開かれる。不思議なことに、それはむしろ葵の生きる活力をアップしてくれた。

ロボットは美醜を問題にしない。性的に評価することもない。ただひたすら、「本人かどうか?」だけを問題にしてくる。世界にたったひとつしかない顔を見分けて、「あなたこそが、どんなに世界を探しても二人目は見つからない、たったひとりの人です。この情報を操れる、ひとりだけの人間です」と、それだけを言ってくれるのだ。顔は、美醜での順位付けや性的な魅力で人を惹きつけるための道具としてだけでなく、自分が自分であるということを証明するためのカードとしても使えるのだ。そう、顔は証明として利用できる。

新聞写真だって、もともとはそれが主眼だったに違いない。新聞に顔写真を掲載する理由は、世界にたったひとつしかない顔を載せることで記事が真実であると証明できる、と記者が考えていたからだろう。だが、これまでのネット社会においては、顔写真は逆に記事の意味を薄め、美醜のジャッジと性的な価値への変換を煽《あお》るものに成り下がっていた。

やがて、顔認証システムは、様々な店に導入されるようになった。コンビニエンスストアでも、自動販売機でも、コーヒーショップでも、書店でも、「顔で買います」とレジで言うと、顔をスキャンされ、欲しいものを購入できる。財布もスマートフォンもカードも要らず、手を動かさずに顔だけで買い物ができるのだ。顔が財布になった。

どこへ行くのも手ぶらで行ける。

「この絵本をください。顔で買います」

と書店で言うと、子どもへのプレゼントが購入できた。

最近の葵は、子どもに対して、堂々と振る舞えるようになってきた。以前の葵は、自分が美人な親ではないこと、親の名前をインターネットで検索すると容姿に関する悪口ばかりが出てくることが、子どもに負担をかけるのではないか、と危惧していた。だが、顔で買い物ができる今、この顔が子どもの助けになっていると感じられる。

仕事を頑張っている葵は、自分の経済力が子どもの助けになることで、生きる活力が湧く。

相変わらず、葵は写真が嫌いだ。でも、鏡で自分の顔と対峙するのはやっぱり好きだし、街で人に顔を見せるのにも抵抗がない。世界にたったひとつしかない貴重な顔だ。ロボットも人間も、自分の顔を見分けてくれる。美醜のジャッジや性的な愚弄が世間からなくなったわけではないが、葵は「自分の証明」という方向で顔を愛でる道を見つけ、社会を散歩するのが楽しくなってきた。

葵は、今日も顔で買い物をする。

初出

父乳の夢　「すばる」二〇一七年三月号
笑顔と筋肉ロボット　「すばる」二〇二〇年一一月号
キラキラＰＭＳ（または、波乗り太郎）　「すばる」二〇二〇年八月号
顔が財布　東京新聞／中日新聞　二〇二〇年八月二二日付夕刊

単行本化にあたり、加筆・修正を行いました。

本作はフィクションであり、実在の個人・団体等とは無関係であることをお断りいたします。

装画　モリスン

イラストレーター。二〇一七年、京都造形芸術大学情報デザイン学科卒業。ヴィヴィッドなカラーとフラットな空気感の作品で、広告をメインに活躍。趣味は映画のワンシーンを描くこと。

装丁　佐藤亜沙美

ブックデザイナー。コズフィッシュを経て二〇一四年に独立。近年の担当作に、文芸誌「文藝」、カルチャー誌「クイック・ジャパン」、『どうせカラダが目当てでしょ』『身のある話と、歯に詰まるワタシ』『自分の薬をつくる』など。

編集　谷口 愛（集英社文芸編集部）
渡邉彩予（「すばる」編集部）

校閲　集英社校閲室

Special Thanks
藤原章生さん

山崎ナオコーラ（やまざき・なおこーら）

作家。親。性別非公表。「人のセックスを笑うな」で純文学作家デビュー。今は、一歳と四歳の子どもと暮らしながら東京の田舎で文学活動を行っている。著書に、育児エッセイ『母ではなくて、親になる』、容姿差別エッセイ『ブスの自信の持ち方』、契約社員小説『「ジューシー」ってなんですか?』、普通の人の小説『反人生』、主夫の時給をテーマにした新感覚経済小説『リボンの男』など。本書収録の三作も純文学として文芸誌に発表しているが今後も純文学を続けるのだろうか？目標は、「誰にでもわかる言葉で、誰にも書けない文章を書きたい」。

肉体《にくたい》のジェンダーを笑《わら》うな

二〇二〇年一一月一〇日　第一刷発行

著　者　山崎《やまざき》ナオコーラ

発行者　徳永真

発行所　株式会社集英社

〒一〇一-八〇五〇

東京都千代田区一ッ橋二-五-一〇

電話　〇三-三二三〇-六一〇〇(編集部)

〇三-三二三〇-六〇八〇(読者係)

〇三-三二三〇-六三九三(販売部)書店専用

印刷所　大日本印刷株式会社

製本所　ナショナル製本協同組合

定価はカバーに表示してあります。

ISBN978-4-08-771732-7 C0093

山崎ナオコーラの本　好評発売中！

「『ジューシー』ってなんですか？」

契約社員の広田、二五歳。立場も待遇も違うけれど同じ職場で働く人々と日々会話を交わし、笑いあう。ささいなやりとりのかけがえのなさを描いた、著者初の「お仕事」小説。単行本『ここに消えない会話がある』を改題。

反人生

「人生作り」には興味がない。流れる季節を感じるだけで、世界は十分面白い——。

男と女、親と子、先輩と後輩、夫と妻。無意識に人々のイメージに染み付いているる役割や常識を超えて、自由でゆるやかな連帯のかたちを見つける作品集。

「すばる」から生まれた本

小林エリカ
トリニティ、トリニティ、トリニティ

舞台は、オリンピックに沸く二〇二〇年夏の東京。「目に見えざるもの」の怒りを背負った者たちが立ち上がる——。原子力をめぐる近現代の歴史を網羅し、ありえたかもしれない未来を描く、ノンストップ近未来長編！「二〇世紀最大の呪いは、原子力の発見とその実用化だった。小林エリカは核に取り憑かれた作家だ、いや、核に取り憑いた巫女だ。その予言は私たちを震え上がらせる」（上野千鶴子氏／社会学者）

谷崎由依
遠の眠りの

大正末期、貧しい農家に生まれた少女・絵子は本を読むのが生きがいだったが、進学は叶わず、女工として働いていた。ある日絵子は、市内に初めて開業した百貨店「えびす屋」に足を踏み入れ、ひょんなことから支配人と出会う。そして百貨店付属の劇団の「お話係」として雇ってもらうことに——。福井市にかつて実在した百貨店に着想を得て、一途に生きる少女の成長と、戦争に傾く時代を描く長編小説。

高瀬隼子
犬のかたちをしているもの

付き合い始めの郁也に、そのうちセックスしなくなると宣言した薫。そんな薫に郁也は「好きだから大丈夫」と言った。しかしある日、郁也に呼び出されてコーヒーショップに赴くと、彼の隣にはミナシロと名乗る見知らぬ女性が座っていた。郁也の大学の同級生で、彼がお金を払ってセックスした相手だという。ミナシロは妊娠していて、子どもをもらってくれないかと彼女から提案されて……。第四三回すばる文学賞受賞作。